NOUBA
CHEZ LES PSYS

Du même auteur
aux Éditions J'ai lu

OTAGE CHEZ LES FOIREUX
N° 8942

De Sophie Fontanel

L'AMOUR DANS LA VIE DES GENS
N° 7479

LE SAVOIR-VIVRE EFFICACE ET MODERNE
N° 7956

FONELLE EST AMOUREUSE
N° 8084

SUBLIME AMOUR
N° 8636

La vraie vie de Fonelle, sans fard
mais avec tout ce qu'il faut de blush ?
C'est sur son blog et c'est tous les jours.
http://blogs.elle.fr/fonella

Fonelle

NOUBA
CHEZ LES PSYS

© NiL éditions, Paris, 2008

Lundi

Certains types, c'est à se demander à qui ils prendraient la tête si j'étais pas là.

Ce matin, mon téléphone sonne : Jean-Gilles Edelman. Of course, à vous le nom ne dit rien. Ça, c'est parce que vous vous êtes pas tapé sept ans de scolarité parisienne au lycée Louis-the-Best en même temps que moi, sinon vous seriez déjà là coudes en l'air à piailler : «Ouh là, tirons-nous!!!»

Jean-Gilles était le délégué de notre classe de la sixième à la terminale, jamais le dernier pour faire chier le monde, je vous prie de croire. Je ne vous citerai que la fois où, ayant cru débusquer un sujet psychotique en la personne de notre recteur d'académie, il a tellement rassemblé de preuves et diligenté d'experts, qu'il a quand même fini par faire muter ledit recteur au poste de concierge d'établissement à la Ferté-Sainte-Jocasse, bourgade punitive pour le bas harem de l'enseignement.

Cette historiette afin de vous donner une idée de comment le Jean-Gilles peut être relou.

On ne s'étonnera pas qu'il soit devenu psychanalyste.

Donc, mon téléphone sonne :

— C'est Jean-Gilles, il me bougonne.

Je regarde l'heure : 7h6.

Cohérent, quand on connaît le gus. Il faut savoir qu'en tant que psychanalyste, Jean-Gilles fait partie de ces forcenés du stade oral, bien capables d'être assis dans leur cabinet à 7 heure du mat, en train d'astiquer leur fauteuil Knoll de la manche tout en faisant «han-han» à un patient. Un malade, en quelque sorte.

C'est pourtant pas une raison pour m'appeler quand je dors, on est d'accord.

Moi, aussitôt :

— Non mais t'es pas fou, des fois !

Un truc que perso j'adore envoyer à ceux qui en soignent.

— T'es où ? demande en retour ce couillon, alors que d'un sens s'il appelle chez moi sur mon tel fixe et qu'en plus je réponds, y a de grandes chances pour que je sois dans ma maison plutôt que hors réseau en Chine à sauver des koalas.

Non content de cette étourderie :

— Tu fais quoi ? il enchaîne.

Comme si une dégourdie sensuelle qu'on réveillait un lundi dans quasi la nuit pouvait faire autre chose qu'être en train de se lever dare-dare et de filer au salon pour pas réveiller l'autre body dans son lit.

Me prenant de vitesse avant que je puisse poser la moindre question sur le why d'un appel à de telles aurores, voici que Jean-Gilles me dégobille une souris :

— Chuis à Deauville à un colloque de psychanalyse c'est horrible tu peux pas imaginer attends je vis un truc horrible faut que tu viennes m'aider immédiatement viens c'est horrible tu peux pas me laisser comme ça j'ai besoin de toi horrible au colloque prends le train au besoin je viens te chercher à la gare au piiiiire tu dormiras dans le train au piiiiire du piiiire va en première je te rembourse mais viens le tout c'est que tu viennes viens je te préviens viens ! Viens ! C'est horrible.

7 h 9, les amis.

J'ai envie d'ajouter : parmi toutes les heures qui sont mes heures, eh bien 7 h 9 en fait pas partie. Même en *pm*, je la cocherais pas dans mes « favoris ».

Toutefois, on vient de voir depuis combien de temps je connais Jean-Gilles. Si on ajoute à ce passé commun la pitié immémorale que j'ai pour un garçon que des géniteurs ont osé appeler Jean-Gilles à l'orée du XXIe siècle, on aura des clefs pour comprendre la suite.

Parce que la suite, c'est moi en train de proposer :

— OK. Et qu'est-ce que je peux faire pour toi ?

Mal m'en a pris.

— Alors attends tu vas comprendre, il se lance : je suis à Deauville au colloque « Nouvelles appropriations du moi ». C'est le plus ambitieux colloque de psychanalystes jamais organisé en France. Ça va être encore plus important que le congrès de Budapest ! On a les plus grands ! Les plus grands ! Des gens du monde entier ! C'est pas compliqué on a même des interprètes ! Et là tu vois c'est fondamental la communication que chacun fait parce qu'elle nous pose tous dans un champ sémantique bien déterminé qui assoit le gradus discursif que ça fait des années qu'on essaie de l'asseoir ! Alors moi j'ai préparé mon truc hyper-nickel, ça fait des mois que je peaufine mon thème, il est chiadé t'as pas idée mon thème, c'est de la plénitude langagière, c'est le thème des thèmes, ça peut faire très mal tellement ça fait pipi loin tellement je me situe dans un espace transitionnel bien au-delà, mais alors bien au-delà des schèmes tiercités et dualités pulsionnelles. Et la *communication* que je vais faire à ce colloque, je te préviens elle dépote. Ça fait trois mois que la revue *Topique* l'annonce. Ça va faire date. Et tu sais pourquoi ?

Moi :

— Euh, non.

— Je mets l'*Erklärung* kantienne à la lumière de nouveaux impératifs du moi.

Vous le voyez, le souci qu'a eu notre recteur d'académie, jadis ?

— Mais tout ça mais dis-moi mais ça m'a l'air passionnant, ai-je avancé prudemment.

— Ouais, hein !

Alors moi :

— Jean-Gilles, moi j'aurais juste une petite question subsidiaire…

— Ouais ?

— En quoi ces choses me concernent, biquet ?

— Faut que tu te radines fissa, j'ai besoin de toi.

Ni une ni deux (mais dix), pendant que j'avais le temps et de me faire un café, et de m'éplucher un kiwi, et de me cuire un œuf, et de checker mes mails, et de m'épiler le maillot, et même de prendre une douche avec le tel en kit mains libres, Jean-Gilles m'a fourni des détails sans lesquels j'aurais pas risqué de biter quoi qu'est-ce à tout le comment du pourquoi fallait qu'en effet je me radine fissa à l'hôtel Normandie de Deauville.

Jean-Gilles, j'ai pas peur de l'affirmer, était dans un foutu pétrin.

Ils étaient vingt-huit intervenants à ce putain de colloque, venus du monde entier, rien que des cadors. Jean-Gilles, cador junior, avait été choisi par le commanditaire du colloque, Georges Laval.

Donc, on sera tenté de supputer qu'en théorie, les choses étaient bien parties pour se passer à merveille. Ça faisait d'ailleurs cinq ans que Jean-Gilles bossait sur le thème « Injonctions du jouir à l'épreuve d'Autrui en tant qu'Autre-Oui », lequel thème, bon moi j'y connais rien, semblait tip top au dire de Jean-Gilles.

Je vous entends chicaner : jusque-là, pas de pétrin. Patience, on y vient.

Alors, arrivé hier soir à l'hôtel Normandie pour le dîner inaugural, Jean-Gilles avait eu la big surprise. Assis sur son lit en peignoir Lucien Barrière et parcourant le fascicule récapitulant les thèmes qui seraient, au fil de ces quatre jours, abordés par les intervenants, que vit soudain Jean-Gilles ? Qu'un confrère hongrois de Genève, Sándor Maghyar, un type illisible et opaque qu'en plus il ne pouvait pas blairer, avait lui aussi intitulé sa *communication* : « Injonctions du jouir à l'épreuve d'Autrui en tant qu'Autre-Oui ».

Pour vous la résumer compacte, la couille : Jean-Gilles n'était plus le seul à mettre l'*Erklärung* kantienne à la lumière de nouveaux impératifs du moi.

Je sais que ça peut paraître dérisoire. Or, ainsi que Jean-Gilles me l'a tout de suite explicité, c'est un peu comme si moi, me rendant à la cérémonie des Césars, je trouvais Jennifer Lopez from the USA exactement sapée comme moi. Alors OK la fille est what-mille-fois plus vulgaire que moi, pourtant, et ça j'y peux rien, ça reste Jennifer Lopez, et c'est pas dit que je la coiffe au poteau pour la couverture de *Paris Match*. Y a un attrait de l'étranger qu'on peut pas nier.

Voilà pourquoi il était au trente-sixième dessous, mon Jean-Gilles. Il avait été se plaindre à Laval, sauf que l'autre il voulait rien entendre. «Chacun a le droit de se placer sur le terrain du jouir», il avait réglé. Il avait été se plaindre à Sándor Maghyar, lequel, éclatant d'un rire phraseur, lui avait lancé : «Que le maghyeur gagne!» Jean-Gilles avait connu là des instants précaires. Il avait aussitôt échafaudé d'aller se noyer dans la Manche. Hélas, foirage de sa pulsion de mort, c'était marée basse. Il avait eu pied si longtemps qu'il avait dû renoncer, ses pieds gelaient, et vu le chemin qu'il fallait faire pour revenir il allait être en retard pour le dîner huîtres à volonté.

Autant ça avait été la loose, autant maintenant, à la lueur d'une nuit blanche, la solution lui était apparue :

— Moi, je peux pas le faire, qu'il me disait, parce que Maghyar se méfierait immédiatement. Mais toi, oui. Je vais te prendre une chambre super avec vue sur la mer. Tu seras comme en vacances, je te jure. Ça dure que cinq jours. Tout ce que je demande, c'est, tu vas t'infiltrer dans sa chambre, à Maghyar, tu vas ouvrir son ordi, et tu vas détruire son document ainsi que n'importe quelle trace de sortie-papier que tu trouveras sur ses lieux. Si on lui nique son boulot, il n'aura jamais le temps de tout réécrire d'ici le jour de sa *communication*. Et on la lui enfonce jusqu'au bras.

Y avait de l'homogène dans ce projet. J'y vis malgré tout une sorte de faille :

— Jean-Gilles, qu'est-ce qu'on fait si ton Maghyar, y compris sans texte, il se fout sur l'estrade et décide de dire son discours de mémoire ?

— Il pourra pas.

— Il pourra pas.

— Non, il pourra pas.

— Il pourra pas ?

— Avec le Ramoltril, il pourra pas.

— Quel Ramoltril ?

— Le Ramoltril que j'ai acheté et qu'on va lui foutre dans son verre le matin en question.

Jean-Gilles a fait médecine, je l'ai dit ?

— Tu veux droguer ce Hongrois, Jean-Gilles ?

— Bingo !

— Jean-Gilles ?

— Ouais ?

— On serait pas limite-limite niveau déontologie ? Y a pas toute une éthique, dans ta corporation ?

— C'est pas moi qui le fais, c'est toi.

— Je vois.

— Tu vois.

Alors évidemment, d'autres que moi auraient refusé. On parle là de filles qui n'auraient pas vu surgir, à la seconde où elles en étaient encore à peser le pour et le contre, le sourire idiot d'Ulrich.

Je crois que je n'ai pas encore bien évoqué Ulrich. Ulrich est le fameux « autre body » présent à côté de moi dans mon lit ce matin, auquel je faisais allusion au début de ce récit. J'héberge Ulrich. Of course que j'ai mes raisons. Of course que mes raisons c'est pas non plus son attirail de photographe de mode, à savoir les trois cents mallettes qu'il a réussi à empiler chez moi en un temps record, ni la vaste culture de ce type qui croit dur comme fer que les orchidées sont des mammifères. Of course que mes raisons sont plutôt liées disons à ce que j'aurais envie d'appeler les aléas sympas de la vie, bref à la toute bête loi des attirances. Il n'en reste pas moins qu'au bout de trois mois je commence ces derniers temps à penser qu'Ulrich et moi avons fait le tour de ce qui pouvait nous rassembler. J'ai essayé de lui en parler, or va-t-en foutre dehors un type avec trois cents mallettes, dont dix entièrement remplies de chaussettes. Un vrai pot de colle.

C'est là que, pour revenir à notre sujet, le voyant surgir dans le salon, il ne m'a pas fallu longtemps pour évaluer le bol d'air que ça pouvait être, le coup de me tirer quelques jours *hors les murs*.

— Ulrich, j'ai dit. Je vais devoir m'absenter une petite semaine.

— Bonjour mon amour, il a répondu, avançant vers moi cette foutue tête blonde.

— Ulrich, j'ai dit. Je pars à un colloque de psychanalyse à l'hôtel Normandie de Deauville.

— Un baiser, mon amour ! il a répondu, teuton et têtu.

Puis, un semblant de structure lui a traversé l'esprit :

— Toi ? À un colloque de psychanalyse ? Mais qu'est-ce que tu vas aller branler à un colloque de psychanalyse ?

Il est vrai qu'il existe plein d'endroits où m'imaginer : dans un épisode collector gold TV de *La croisière s'amuse*, dans l'hacienda de Jade Jagger à Ibiza, en live au God', dans la rubrique « People are talking about » du *Vogue* italien, par exemple. Force est de constater qu'among la liste de ces endroits, jamais ne figurent les colloques de psychanalyse. Même un être extrêmement physique comme Ulrich peut se faire ces réflexions.

— Ulrich, je pars aider un ami plongé dans la détresse.

— Pendant une semaine ?

— Quasi.

— Un ami.

— Quasi.

— Un homme.

— Quasi.

— À l'hôtel Normandie de Deauville ?

— Cela même.

— Tu te fous de ma gueule ?

— Je puis te jurer, Ulrich, que y a mais alors là vraiment zéro ambiguïté entre moi et Jean-Gilles. Pour preuve, j'en m'en vais te montrer sa photo.

Ouste de mon fourbi, j'ai fait apparaître une vieille photo de classe où on voyait Jean-Gilles en sixième au lycée Louis-the-Best. Certes prise dans l'innocence de l'enfance, la photo ne laissait pourtant aucun doute sur l'aspect définitif du physique pattes de mouche de Jean-Gilles.

Ulrich a dû admettre :

— Ouais. En effet.

Sur ce, il était déjà 10 heures à force de tergiverser, j'ai speedé à faire ma valise, pour pas rater le direct de 16 heures. Ça ne me laissait même pas six heures pour savoir quelles fringues emporter chez les cervelés. Ces heures passées, pour ne rien faciliter, avec Ulrich pendu à me regarder faire et à se mêler de tout :

— Tu prends pas de jupes ?

— J'ai les dix minirobes, ça suffit.

— Je les ai pas vues, les minirobes.

Toute la valise à foutre en l'air pour les lui brandir. Et il continuait de pinailler :

— T'appelles ça des minirobes ? Moi j'appelle ça des pulls.

— Lâche-moi, Ulrich.

— Tu prends pas un pantalon bien confortable ?

Deux autres plombes pour lui démontrer en quoi un slim stretch, y a pas mieux sur l'échelle de l'aisance.

Il a fini par se calmer. Mais faut jamais se réjouir trop vite. 15 h 30, valise faite, j'étais dans le hall de l'immeuble à me ruer vers mon taxi quand Ulrich est inopinément revenu à la charge :

— Et si je venais avec toi ? il a proposé.

Je veux bien être une vraie petite fleur, mais il commençait à me courir sur la tige.

— Ulrich ! Pas bouger ! j'ai ordonné.

— Ouais ben tu me parles pas comme à un chien ! il a aboyé.

Il tirait sur ma valise pour l'empêcher de rouler et discuter le coup.

— Ulrich, laisse ! je gueulais.

— Me parle pas comme à un chien ! Me parle pas comme à un chien ! Tu me dis pas « laisse ! », hurlait-il de plus belle, accroché à mon sac.

Un pot de colle.

J'ai eu toutes les peines du monde à lui faire lâcher ma valise. Mais bon, qui résiste à mes dents de devant, hein ? !

Lundi soir

Je me dois de vous raconter mon arrivée à l'hôtel. Nobody à la gare, déjà. Pas plus de Jean-Gilles que de taxi avec mon nom écrit sur une ardoise magique. Je vous rappelle que j'avais une valise énorme. L'idée de me taper à pied le chemin via les embruns jusqu'aux « Nouvelles appropriations du moi » me séduisait moyen.

Sur le parvis, no taxis.

J'étais lisière de regretter Ulrich.

C'est là que qu'est-ce que je vois qui se dirige vers une voiture pile au moment où je désespère ? Une psy ! Elle allait forcément au même endroit que moi, non ?! Comment je devine que c'est une psy ? Ah ben attendez je vous dis le look, et vous, vous me direz ce qu'elle aurait pu faire d'autre comme métier : une teinture au henné neutre qui lui caramélisait la touffe, une jupe en maille plus longue que la *Messe en si*, un châle géant dans des tons « les feuilles mortes se ramassent à la pelle » et, en bandoulière de cette affaire, une sacoche en cuir plus lourde que ma valise, qui la faisait pencher tel un saule pleureur sur la rivière de ses aïeuls.

— Hep hep hep ! je l'appelle.
— Oui ? elle se retourne.

De beaux yeux pleins de neutralité bienveillante. Elle aurait pu être bien si elle avait pas été déguisée en mendiante.

Moi, les bras grands ouverts pour entériner ma remarquable sociabilité :

— Nouvelles Appropriations du Moi ? !

Elle, sursautant et passant du sourire au drame :

— Pardon ?

Damned, me serais-je trompée et aurais-je confondu la gérante d'une crèche bio avec une psy de colloque ? Certes non. À peine je me posai la question, le chauffeur de la voiture baissait sa vitre :

— Madeleine, que se passe-t-il ? il demandait.

Comment dire ? Le doute n'était plus possible. La Madeleine, si elle était pas psy je vous garantis qu'elle en connaissait, à en juger par la bobine du type venu la chercher à la gare. On aurait dit Georges Brassens. Sans même réfléchir, j'ai tendu ma main à cet homme et je me suis présentée.

— Je viens retrouver Jean-Gilles Edelman ! ai-je annoncé gaiement.

— Ah mais c'est fantastique ! qu'il me rétorque, reluquant à mort l'endroit de mon slim le plus attractif.

Puis, voilà-ti pas qu'il tend une bonne grosse poigne :

— Georges Laval.

— Sans déc !

Georges Laval ! Ah je me poilais magistral des hasards de la vie !

En plus, il embraye :

— On l'emmène, non, Madeleine ? !

Vague irrésolution de la part de Madeleine qui n'arrêtait pas de tripoter les multiples pompons de son châle.

Et Georges :

— Madeleine est ma compagne.

Madame Laval a pris place dans la voiture mais restait circonspecte, alors que poliment j'étais montée derrière.

Sur le chemin, Georges, archi-volubile, s'est mis à me développer l'affection irréfutable qu'il nourrit pour Jean-Gilles.

— Alors comme ça, il me dit, un œil dans le rétro, vous venez soutenir ce chanceux d'Edelman ?

— Eh oui.

— Il en a de la chance, ce chanceux d'Edelman...

— Ça, ouais.

Re-coup d'œil du Georges, avec même un bout de langue qu'il faisait pointer :

— Il doit pas s'ennuyer, avec vous ! Une jolie fille comme vous...

— On se calme. C'est qu'un simple pote, Georges.

Espérances enchantées de Laval dans la tire :

— Ah bon ? Un simple pote ? Incroyable ! Non, Madeleine ?

Madeleine, en revanche, un rien moins amène.

— Je ne sais, elle fait.

Ma liberté lui crispait les boucles. J'ai essayé de la dérider tandis qu'on longeait les tennis de la plage :

— La mer est tout près, c'est ça qu'on adore, non ?

Elle :

— Je ne sais.

Et Georges :

— Ben Madeleine, si, quand même ? C'est toujours bien la proximité de la mer !

Et elle :

— Tu parles de la tienne ?

Toc. Clin d'œil de Laval vers moi dans le rétro :

— Comme vous le voyez, Madeleine est psy !

Yesssssssssssss !

Haussement d'épaules de Madeleine :

— C'est intéressant ce que tu viens de dire, Georges : Madeleine est *peu si* ! Madeleine est *peu si* ! Madeleine *est peu si* quoi, Georges ? Si on la compte pas ?

Re-clin d'œil de Laval :

— Ah, les psys !

— Toi aussi tu es *peu si*, Georges, je te signale. Tu as soixante-cinq ans.

Ouh la, les claques sur le prépuce, ça fait mal.

Comme ça tombe : Jean-Gilles était dans le hall quand on y entrait.

Georges Laval a foncé sur lui.

— Jean-Gilles ! Regardez qui on vous amène ! Hein, Madeleine ?

Ébahissement de Jean-Gilles :

— Ah c'est incroyable, mais comment vous vous êtes retrouvés ?

J'étais venue pour aider Jean-Gilles, j'allais l'aider. Ça commençait là dans ce hall.

— J'ai tout de suite reconnu Madeleine, j'annonce. La grande psychanalyste dont tu m'as tant parlé ! Et alors après quand j'ai vu Georges Laval, hop-eu-la je l'ai reconnu lui aussi, j'ai repensé à la photo de lui que tu as sur ton bureau et à laquelle tu te réfères sans cesse quand tu doutes, hein, Jean-Gilles !

Il était pas génial, mon coup marketing ?

Et l'autre nigaud, là :

— Hein ? Quelle photo ?

Heureusement, Laval s'engouffrait bille en tête dans mon miroir tendu :

— Jean-Gilles, petit cachottier ! Ma photo ! Sur votre bureau ! Ah je vous interdis d'en rougir ! C'est merveilleux d'avoir ma photo ! Non, Madeleine ?

— Tout à fait. Tout le monde a le droit d'admirer un pair.

Et Georges à sa femme :

— Tu parles du tien ?

Les secondes se suivent et ne ressemblent pas, changement complet d'ambiance par rapport à dans la tire. La blague qui avait fait un bide aux tennis faisait maintenant un hit dans le hall de l'hôtel.

— Ah ! Ah ! il s'esclaffait.

— Hi ! Hi ! elle s'esclaffait.

Ils se gondolaient à qui mieux mieux. Mon opération renarcissisation avait refoutu un sacré peps à la lavalerie.

Elle, elle fit cliqueter ses pompons, dont on réalisa à cette occasion qu'ils étaient en bois, attrapa ma valise et la fit rouler jusqu'au comptoir de la réception, tant j'étais subitement devenue sa meilleure copine.

— J'adore cette valise ! Tu as vu Georges comme elle est énorme ?

— Encore plus grosse que la mienne !

— Hi ! Hi !

— Ah ! Ah !

Comme quoi ça tient à rien une bonne opération de communication ! Si j'avais pu la sortir, disons, y a un mois, ma tirade sur la gloire des famous Laval, je coiffais Sandor Maghyar au poteau. Jamais Laval l'aurait laissé prendre le même sujet de disserte que Jean-Gilles. Et une injustice n'aurait pas été commise. Ah c'est trop con.

Bien. Où on en était ? Ah ouais, le comptoir. Nous voici les quatre en rang d'oignons devant la fille de la réception qui dit à Jean-Gilles :

— Je suppose que vous allez avoir besoin d'une autre clef, monsieur Edelman ?

— Oui, oui, deux clefs, qu'il s'empresse de palabrer.

— Ah bon, deux clefs ? Vous êtes dans la même chambre ? demande aussitôt Georges Laval.

Il me coupait l'herbe sur pied, le meunier.

— Évidemment, plastronne Jean-Gilles. On est ensemble.

Je n'avais même pas à cœur de lui remettre ici les pendules à l'heure. Il rêvait, pauvre Jean-Gilles. Le leurre était par trop baroque. Certes, j'ai vu maintes fois dans les romans d'espionnage combien fort utile peut se révéler une « couverture ». Encore faut-il qu'elle soit un rien crédible. Que Jean-Gilles, adepte des semelles de crêpe, puisse ne serait-ce que deux secondes passer pour l'amant d'une fille en slim de cuir, c'était une assertion aventureuse. Si le Mossad foutait son nez là-dedans, on allait vite se faire débusquer. Un mot de travers, et on était découvert. Aussi, est-ce bouche cousue que je tournai vers Jean-Gilles un œil que je m'efforçais de rendre le moins incrédule possible – pour pas gaffer – tout en tentant de le fusiller du regard, rapport à la piaule perso et peinarde qu'il m'avait survendue au téléphone.

On n'eut pas trop le temps de s'éterniser. Madeleine, de plus en plus rassurée par mon être et mon côté casée, charriait désormais ma valise vers les ascenseurs. J'avisai un groom qui se diligenta à aller l'aider.

— J'vais l'faire! J'vais l'faire! elle s'acharnait.

Ça faisait deux fois dans la même journée que quelqu'un voulait pas lâcher ma valise.

Pendant qu'on arrachait doigt par doigt Madeleine à sa prise, un souffle chaud et duveteux me murmura à l'oreille :

— Moi aussi je veux être votre « simple pote »… quand vous voulez… où vous voulez…

C'était Laval langue dépliée, elle lui pendait jusque sur le nœud pap.

Je sais pas si on allait mettre l'*Erklärung* kantienne à la lumière de nouveaux impératifs du moi, mais une chose est sûre : on n'allait pas s'ennuyer.

Ce qui ne m'empêcha nullement, une fois seule dans l'ascenseur avec Jean-Gilles, de lui remonter les bretelles :

— Surtout te gêne pas! Monte un bobard sans me prévenir! Ah purée Jean-Gilles, c'est insensé ce que tu peux être ballot! C'est quoi cette couverture de nase! Tu disais que Maghyar devait jamais faire le lien entre toi et moi! Comment veux-tu que Maghyar fasse pas le lien entre toi et moi si la première chose que tu fais c'est de nous coller dans la même chambre, voyons! Je te signale que même un type illisible et opaque est capable de déduire des évidences.

— Ouais, mais…

— T'as deux minutes pour me trouver une chambre.

— L'hôtel il est complet, figure-toi.

Je reconnais que c'était un argument de poids. Je continuai de l'assaisonner un peu, pour la forme. Il se ratatinait devant la pertinence de mes remontrances. Déjà que c'est pas non plus un géant des Flandres, là plus on approchait de sa chambre plus il devenait chétif. Même après que j'ai eu fini de parler, il était comme dans une sorte d'élan de rétrécissement. Quand il fallut glisser la clef numérique dans la fente de sa porte, il en fut réduit à se mettre sur la pointe des pieds. Ah, il me faisait pitié. Comme jadis au lycée avec son prénom de benêt tradi, lui le réformateur même !

— Jean-Gilles, j'ai dit, le plus important c'est que je sois là avec toi, et tu verras que tout se passera au…

Je me suis arrêtée net : devant moi se déployait la chambre, zéro vue sur la mer, soit dit en passant. En outre, entièrement capitonnée fleurie comme pour couvrir le bruit des lunes de miel, tandis que, bien apparent, en tout cas on pouvait pas le rater, paradait un lit deux places.

— Jean-Gilles ?

— Tu dis ?

— T'espères quand même pas dormir avec moi, espèce de putois ?

— Ben, euh… je pensais… par rapport à notre couverture…

— Ouais ben des couvertures, on en aura deux.

Sitôt dit, sitôt fait, j'avais déhoussé le plumard et vérifié que c'était bien ce que je pensais, comme dans tous les hôtels c'était deux lits collés ensemble. Aussitôt j'appelle la buanderie, et aussitôt deux femmes de chambre se ruent pour me régler le bazar en deux lits jumeaux.

Là-dessus, c'est l'heure du dîner, on descend retrouver les autres. Devant l'ascenseur, un type tout en noir s'approche de nous, je sens Jean-Gilles se raidir d'effroi prêt à chanter « il venait de nulle part, surgit un aigle noir », puis la voix de Jean-Gilles gargouille, gluante d'hypocrisie :

— Sandor, ça alors !

Je me décale d'un pas pour mieux viser ce Sandor Maghyar.

Fait inédit pour un agneau comme moi : ma proie avait des yeux d'aigle et me fixait avec.

Mardi

Sorry, impossible de narrer quoi que ce soit hier soir, je suis rentrée trop claqued à la chambre. Plus usant que les psys, y a pas. Heureusement qu'ils parlent peu en consultation, sinon ils feraient fuir les clients. En plus, une fois couchée j'avais Jean-Gilles à gérer, qui voulait pas comprendre que deux lits ça voulait dire un pour chacun. Il a fallu le rediriger vers sa zone à la voix dans le noir.

Pour le reste, je veux bien vous le raconter, ce fichu dîner. Soudain je me demande si ça vaut le coup, en fait. À moins que y en ait que ça passionne de savoir comment un groupe tous frais payés se rue sur les crustacés.

Ah… sauf peut-être un détail. Ah ben oui, j'allais oublier celui-là ! J'étais coincée entre Jean-Gilles et Madeleine Laval.

Elle, déjà, elle me surkiffe. Elle voulait tout savoir d'où venaient mes frusques. J'en restais pantoise qu'une fille entièrement costumée en glaïeul soit sensible au cachet d'autrui.

— J'adore ton style, elle me disait.

Ouais. Tout le monde adore mon style, chérie. Mon style est la colonne vertébrale du journal où je travaille. Mon style casse la baraque. Et j'étais vautrée peinarde dans le contentement de moi quand, au débotté, la Madeleine elle me demande :

— Et toi, tu en penses quoi de mon style ?

Imaginez mon embarras. J'avais les yeux fixés sur ses lainages. Jean-Gilles, on peut compter sur lui, se décampe vers d'autres tables pour surtout pas m'aider à me dépatouiller dans action-vérité.

J'allais pour hâbler un boniment à Madeleine, or elle m'annonce :

— Je te demande la plus grande franchise.

Ses yeux de cocker accrochés au radeau de ma science.

Ah, elle me prenait par les tripes. J'aime aider, on va pas revenir là-dessus. Les gens qui n'aiment pas aider méritent pas le nom d'humains. Et enfin, je vous en prends à témoin, pouvais-je laisser ainsi à jamais dans l'erreur une femme que je savais pour partie récupérable ? Je souffrais les mille tourments de l'indécision. Mais c'est vrai aussi que je les souffre jamais longtemps, les mille tourments de l'indécision.

— La plus grande franchise ? j'ai répété.

Qu'on soit bien sûres.

— Ah ça oui, je t'en conjure. Seule la vérité verbalisée délivre.

— Ton style est à chier, Madeleine.

Elle regardait partout, désorientée.

— Comment tu dis ? elle se dérègle. Hein ? Quoi ? Je comprends pas. « À chier », mais qu'est-ce que ça veut dire ?

Un Martien dans du mobilier.

S'adapter à son interlocuteur, c'est ça le secret de la communication. Voilà pourquoi j'ai cru bon d'ajouter :

— Ton style est à chier. ANAL, quoi.

J'y allais fort, je sais. Avant de m'accabler de récriminations, oyez la suite : voici ma Madeleine qui se tourne vers le bout de la table où son mari jacassait, sans doute avec des fans vu comment la clique suçait béate des pattes de langoustines en l'écoutant, et cette Madeleine, toute jouasse, elle sort :

— Georges ! Georges ! Tu sais comment il est, mon style ! Il est anal !

Elle se tenait plus d'extase, elle tressautait sur sa chaise.

— Eh, bravo ! Ça se fête ! lui répond son mari en levant son verre.

Allez comprendre.

Assentiment général du groupe. Ou comment transformer une tablée en pays de cocagne. La déesse allégresse flottait sur la salle. Et elle flottait tant et si bien, la bougresse, que même Sandor Maghyar, cette euphorie finit par lui arracher, bon je dirais certes pas un sourire, mais en tout cas une vraie ride d'intérêt.

— Tu pouvais pas me faire plus plaisir ! me gazouillait Madeleine.

Même si je placerais pas la joie délirante de cette femme dans la liste des mystères non élucidés des hominidés, reconnaissez que c'est space, une teinte au henné qui se la surpète – pour causer raccord – sous prétexte qu'on lui diagnostique un style anal.

— Madeleine, j'ai fini par demander carrément, ce serait quoi, pour toi, un style nul et pas anal ?

Didactique comme sans doute elle savait être depuis son premier divan, voici qu'elle m'apprend :

— Tu m'aurais dit : « Écoute, Madeleine, je vais être franche avec toi… ton style est oral », tu me tuais.

— Oh ?

— Oui, parce que tu vois l'oral je vis dedans, et souvent d'ailleurs Georges me le reproche. Souvent, mais Georges, mais tu peux pas savoir le nombre de fois où Georges m'a suppliée d'être un peu plus anale. Je pensais que j'en étais tout bêtement incapable. Et toi, toi, tu viens, là, tu me connais pas, tu es neuve, tu as le bon recul thérapeutique, et toi-même c'est toi-même qui me le dis que mon style est anal ! C'est pas merveilleux ? !

— Madeleine, je peux te demander un truc ?

— Oh, tout ce que tu veux !

— Arrête de tripoter ces pompons, ça me monte au citron.

Éberluée elle a suivi mon regard qui pointait son châle.

— Ah, ça ? Mais c'est pas des pompons ! C'est des coquilles de noix ! C'est une créatrice que je connais qui les fait à la main ! Elle et son mari, ils ont un moulin dans le Jura, et…

— Madeleine ?

— Oui.

— Une fille comme toi au prodigieux style anal peut pas avoir un châle où faut deux plombes pour expliquer en quoi il est fait. Va pas te refoutre dans l'oral pile au moment où t'arrives enfin à t'en sortir.

— Qu'est-ce que je fais ? Je le jette, alors ?

— Tu le jettes à mort, Trésor.

Hop elle se rue sur ma main pour la couvrir de bisous.

Pile à ce moment, Sandor Maghyar passe hiératique devant nous en disant bonsoir à tout le monde.

Pile à ce moment Georges, toujours là-bas en vis-à-vis, me fixe et fait rependre la langue qui, peut-être raisons d'alcoolémie, ondule à cet instant tel le ruban d'un cadeau.

Pile à ce moment, Madeleine entreprend de se lever pour danser le jerk.

Pile à ce moment, Jean-Gilles revient s'asseoir, hystérique alors que soi-disant si j'en crois les nuits entières où il m'a bassinée sur le sujet, l'hystérie est plutôt un concept féminin, et me dit :

— T'as les documents ?

Moi, levée 7 h 6. Pas encore couchée à 0 h 19. No sieste. Je demande :

— Quels documents ?

Partagé entre chuchoter et cingler, Jean-Gilles me chuinte strident droit dans le tympan :

— Quoi… ? Quoi… ? Je le rêve que t'as pas les documents alors que là t'avais offert sur un plateau tout l'espace-temps d'un dîner interminable que t'aurais pu employer à checker la chambre de Maghyar…

Il m'énervait. J'ai dû lui mettre les points sur les *i* :

— Déjà, pour commencer, tu arrêtes de me tordre le bras. Et ensuite, gros malin : comment je fais pour entrer chez Maghyar sans la clef, eh ?

Ah ben cette matérialité il en avait pas fait cas, le roi du *Ça*.

— Oh, merde… il se lamente de suite. Je sais pas comment on va faire.

Le contraire nous aurait étonnés.

Voilà pour la soirée.

Ce matin, nouvelles perspectives. Après une bonne nuit et un réveil à une heure décente –

11 h 45 –, j'y voyais déjà plus clair quant à la marche à suivre : le Sandor illisible et opaque, il allait falloir le séduire. C'était ça la solution.

Non, je ne prétends pas que c'était inscrit en italique dans la Torah, que la besogne était gagnée d'avance. Je prétends juste que, quand on a un physique comme le mien, ça joue comme un plus dans tous les rébus.

Sur ce, je décide de commencer par un bon gommage au hammam de l'hôtel. Histoire de polir un peu mes arguments.

Je descends vers le spa.

J'entre dans le spa.

Je retire mes fringues dans le spa.

J'entre dans le hammam.

Et comme quoi les dieux m'ont particulièrement à la bonne, sur qui je tombe d'office à cet endroit ? Sandor Maghyar.

Comble du coup de bol, j'avais proposé à Jean-Gilles de venir et il n'avait pas pu. Il était déjà bien assez contrarié de s'être réveillé en retard pour la conférence de Georges Laval. On aurait dit le drame de la déforestation sous prétexte qu'il avait raté les deux premières heures de « Suffrages inné-dits du *tu* dans les schèmes de l'intime » ! Un peu interloquée, je l'avais regardé courir affolé. Un *action man* piles neuves aurait pas eu plus d'entrain.

Bref, c'est seule et vêtue d'un de mes maillots préférés, le bleu roi en gaze de soie avec le S de Superman en jaune sur le devant, que je pénètre dans le hammam. Une pièce minuscule où on n'y voyait queue de rien. Je m'étends sur la première planche que j'arrive à discerner.

Au début, je me crois seule. C'est après, seulement, une fois mes yeux accoutumés à la vapeur, que je perçois non loin de moi un minicorps, sec comme un coup de trique.

Moi :

— Hello !

Réponse, nothing.

Pour être aussi gracieux et petit, ça pouvait être que lui.

Lui aussi, là depuis plus longtemps que moi et accoutumé à voir dans la vapeur, il devait me reconnaître. Ça pouvait être que moi. Je vous rappelle que, à part ma pomme, aucune autre femme parmi celles checkées au dîner aurait été susceptible d'avoir assez de juvénilité pour dresser ses guiboles dans les airs au hammam de l'hôtel pendant le show du leader.

J'en revenais pas ! Sandor Maghyar, juste ce matin où justement je cherchais comment séduire cet homme ! Ce destin dingue : gorilles dans la brume, on se retrouvait étendus lui et moi tête-bêche completely alone. Les circonstances idéales !

Quoique. Les minutes passaient avec rien qui se passait. Sandor Maghyar n'était pas homme à rompre la buée. J'attendais, j'attendais, le Hongrois supportait l'hygrométrie avec une patience de nénuphar. Moi, c'était clair que j'allais devoir faire le premier pas sinon, étant donné la chaleur qu'il faisait dans ce réduit, c'est pas gommée que j'allais être, c'est entièrement transformée en solution buvable.

C'est là que j'ai dit :

— Sandor Maghyar, combien vous me donnez pour que je cafte pas à Georges Laval que vous séchez ses homélies ?

Un silence ultra-spécial suivit cette tirade. Une sorte d'attention soutenue qui venait du petit corps retors. Puis, une voix diaboliquement maîtresse d'elle-même et syncopée Glenn Gould me répondit :

— Si moi je sèche dans cette pièce, alors qui *mouille* ?

OK. Les interprètes étant toutes par monts et par vaux à l'heure où j'écris, c'est moi qui vais vous traduire. Ça, ça voulait dire : ma petite, si tu me cherches, tu vas me trouver, et mate un coup où d'emblée je me situe dans la bande-annonce de tout comment je peux te porter sur les nerfs. Ça voulait dire aussi : petite, va pas croire que je sois typique le gus à se draguer haut la main. C'est où je veux quand je veux si je veux avec qui je veux par le moyen que je veux dans la position que je veux avec la capote que je veux et avec ta main si je veux.

Il fallait peut-être revoir à la baisse le coup que cet homme allait déplier un pénis télescopique uniquement parce que c'était my desire. Ma tante Geronimo disait toujours : « Y a deux types de types qui ne déplient pas facile leur pénis. Ceux qui froussent, et ceux qui froncent. » Celui-là fronçait majeur.

— Je vois que cela vous laisse sans voix, il ajoute. Eh oui, ma chère, comme pourrait dire le proverbe : qui est *mouillée* se retrouve souvent *le bec dans l'eau*. Ah ! Ah !

J'aurais eu bien entendu moult projectiles à lui répondre, par exemple : « Eh Maghyar l'abeille, tes métaphores animalières, je te conseille de te les garder pour quand t'auras un zoo. » Ou : « Apprenons ensemble un mot nouveau : PLAI-SANTER. Un surconcept lacanien sur la toute bête question du jouir dont tu as apparemment sauté le chapitre. » Ou : « Va te rhabiller tu pues du cul. »

Je m'abstins.

Une mission, c'est une mission. Y compris dans *Casino Royale*, James Bond la met sagement en veilleuse quand un psychopathe lui tambourine les parties délicates. Y a des risques à notre métier, nous les espions.

J'allais laisser cet homme croire en la puissance de sa forteresse intellectuelle. Si on pouvait pas passer par son corps, tant pis on passerait par la fenêtre, sa chambre n'était qu'au deuxième. Je faisais tournoyer ces pensées dans le faisceau des corrélations de mon cerveau quand d'un bond il vint se figer devant mon banc, cherchant à me regarder droit dans les yeux dans la brume à l'eucalyptus.

À quoi allais-je encore avoir droit ? Pendant que je me posais la question, devinez ce qu'il me sort ?

— Je me suis laissé dire que vous n'étiez pas dépourvue d'un certain humour. Cela ne m'étonne guère. Qu'une femme qui partage la vie de Jean-Gilles Edelman ait pu développer de l'humour à revendre, je suis certes acquis à cette théorie. Sans humour, en tant qu'il est drôlerie réflexe à l'iridescence, iridescence de justement de ce qui n'*iridie* pas, ou peut-être de ce qui n'*irradie* pas, sans humour, donc, point de jouir-jean-gilles. Avec quelqu'un comme Edelman, sans humour on jean-gilles des perles.

La pute.

J'ai fermé les yeux style l'Épître aux Corinthiens coule sur mes ailes immaculées.

Il est parti style fuck tes ailes immaculées, va mourir j'irais pas pleurer pour te mouiller.

Ça allait être a real pleasure de lui chouraver sa documentation, à ce petit con.

Mardi soir

Mon aprem, vous allez pas le croire !

Je l'ai dit sans me gêner à Jean-Gilles : y a gros foutage de gueule sur le concept global du « tu seras comme en vacances » qu'il m'avait sur-vendu, limite avec un DJ, pour me faire venir à ce colloque.

Des vacances ! Tu parles !

Si encore il m'aidait un minimum, mais ne rêvons pas. Après le déj, debout et affairé, il trico-tait déjà des pinceaux pour se précipiter à « Folie nécessaire : motifs et effets de l'Éros absent ».

— Euh, Jean-Gilles, tu viens pas faire les courses avec moi RUE DE PARIS ? je demande dans le couloir du grand hall.

Et lui, tout pincé :

— Ah ben non, ah ben moi je peux pas, ah ben moi j'ai cours de colloque, hein.

Il me laissait seule, ce sale épagneul.

J'ai insisté, réitérant, cette fois un peu plus entre mes dents :

— Tu viens pas faire les courses avec moi RUE DE PARIS ?

Même que l'une des interprètes qui passait à ce moment-là elle a dit :

— Je crois que votre amie aimerait faire les courses avec vous.

— Ah vous, on vous a pas sonnée! qu'il lui envoie.

Du coup, l'interprète du langage des signes elle expliquait aussi à deux psys malentendants en quoi que c'était rien, c'était pas grave, y avait litige inopiné mais, don't panic, ça allait forcément s'arranger. On était entre gens civilisés.

Bref, je me résignai à aller faire mes courses sans Jean-Gilles quand, qui me gicle au cou en criant « Moi je viens! J'allais sortir! »? Madeleine Laval.

En effet, elle semblait en partance. Nul n'aurait eu l'idée de rester enfermée attifée comme elle l'était. Deux couettes plume d'oie avaient dû être nécessaires pour confectionner l'espèce de chauffe-théière dans lequel elle était emmitouflée. Je vous passe les moufles en polaire et le bonnet péruvien assorti.

— Madeleine, je peux pas t'emmener, je lui dis.

Ces phrases crève-cœur qu'on est parfois obligé de sortir aux enfants.

— Oh si! elle m'implore.

Là-dessus, Georges Laval s'amène, coup de langue furtif vers moi, et il en remet une couche :

— Madeleine, que se passe-t-il?

Elle explique. Re-boulot pour les interprètes du langage des signes.

Moi, je lançais des coups de menton explicites à Jean-Gilles. Il était bien placé, lui, pour savoir pourquoi je pouvais pas emmener Madeleine avec moi RUE DE PARIS. En effet, RUE DE PARIS n'était qu'un mot de code entre nous. Un morse subtil mis au point par ma pomme quelques heures auparavant, et étudié pour être aussi illisible et opaque que la structure psychologique de Sandor Maghyar. En fait, j'allais of course pas du tout RUE DE PARIS, mais plutôt chez Monsieur Bricolage, sur la route nationale, où je devais m'achalander en échelle de corde, chaussures à crampons, et arbalète de plongée, pour escalade de la façade sud de l'hôtel Normandie, prévue entre 18 heures et 19 h 30 pendant la communication « Le tiers analytique : castration d'un complexe », à laquelle Sandor Maghyar avait promis d'assister.

Jean-Gilles avait tout en main pour me tirer d'affaire. L'aurait-il fait sans ce qui va suivre ? Je n'en mettrais pas la main d'Ulrich à couper.

— Jean-Gilles, laissons les femmes à leur shopping, et allons à notre colloquing ! a soudain plaisanté Georges Laval.

Il embarquait Jean-Gilles, rendu impuissant à m'aider.

Les voici les deux qui s'ébranlent avec tout le groupe qui les suit, Jean-Gilles me larvant des regards navrés, tandis que Madeleine, pendue à mon bras, essayait de se rapprocher le plus possible de moi, compte tenu du tampon que formait sa doudoune XXL.

Je pouvais en rien échapper à sa compagnie.

— On va aller dans les rues de Paris ! qu'elle s'emballait virevoltante.

— Non Madeleine, j'ai dû lui rectifier, on va pas dans les rues de Paris. On va RUE DE PARIS. C'est la rue commerçante de Deauville.

— Ah bon ? On fait pas l'aller-retour à plein tambour ? elle me demande.

— Non Madeleine.

Elle était déçue mais pas découragée.

— Y a des boutiques, rue de Paris ?

— Plein.

— Allez, on y va !

Et zou elle sprintait vers la réception. Il allait falloir avoir de l'imagination pour lui vendre Monsieur Bricolage comme le Colette local. Toutefois, avais-je d'autres choix ?

À la réception, j'avise une hôtesse et je dis :

— Est-ce que ce serait possible de monter le chauffage dans la chambre de monsieur Maghyar ?

— Tout de suite, mademoiselle !

J'ajoute :

— Mettez au max, hein. On caille.

— Qu'est-ce que tu fais ? me demande Madeleine rebroussant chemin.

— Rien, ma grosse. Allez, go !

En sortant, bon, le chasseur nous ouvre la porte. En revanche, il ne la tient pas bien longtemps et elle revient dans la goule de Madeleine, qui se met à ricocher contre le chambranle, fort heureusement protégée par ses épaisseurs.

Le chasseur était parti aider ses potes. En effet, ils étaient pas trop de trois pour hisser sur un chariot les sept valises Goyard de la fille la plus space qu'il m'ait jamais été donné de voir en Normandie. Une Asiatique aux yeux de manga, avec un caban divin en vison rasé et une combi-bottes rose en galuchat, ou si c'était de la raie c'était bien imité.

Le chasseur nous glisse à l'oreille :

— Elle a l'air sympa, votre collègue !

Madeleine et moi on la regarde passer. Madeleine secoue la tête et me dit :

— Ça, c'est pas une psy, ça.

Moi, intriguée :

— Tu ne sais, Madeleine... tu ne sais...

Et Madeleine :

— En tout cas, elle se refuse à être un *sujet*.

— Un sujet de conversation, tu veux dire ?

Quand même un rien étonnée.

— Non. Un sujet, en tant qu'Autre dans le promontoire lacanien du réel.

Cette brave Madeleine.

Semer Madeleine n'a pas été une sinécure. Point positif : si jamais je la perdais, elle pourrait retrouver easy son chemin vu comment que je lui faisais laisser ses frusques de boutique en boutique dans un pur plan Petit Poucet. C'est une Madeleine entièrement re-viabilisée et neuve qui allait se présenter au dîner ce soir.

Elle a un joli corps, en plus. Je lui ai fait acheter un jean slim :

— Ça te fait un cul d'enfer ! je lui expertisais.

— T'es sûre, j'ai l'impression qu'on ne voit que lui !

— Ben oui, Madeleine, il crève l'écran ! Et tu l'as même un peu en 16/9e, dis donc, grosse coquine ! Ah c'est pas le petit cul qu'on se tape minus en téléphonie mobile ! C'est un vrai cul !

— T'es sûre ? On va pas se dire que je vis trop dans le regard de l'Autre si des gens se mettent à me regarder ?

— Mais non ! Mais non !

Ainsi de suite tout au long de la rue de Paris. Il devenait de plus en plus difficile de faire accroire à Madeleine, désormais très au fait des réalités fashion, que Monsieur Bricolage était the place to be.

Heureusement, avisant la vitrine d'un coiffeur, m'est venue une idée géniale.

— Madeleine, j'ai dit. Tu peux plus vivre avec autant de cheveux qui te cachent les yeux.

— Ah mais moi j'adore mes cheveux, qu'elle commençait de glapir.

— Madeleine.

— Oui ?

— Madeleine : tes cheveux sont oraux.

— Oh ? Oraux ? Comment c'est possible ?

— Tes boucles, Madeleine.

— Qu'est-ce qu'elles ont mes boucles ?

— On dirait des lettres.

— Ah bon ?

— Et tes mèches, tu sais ce qu'on dirait tes mèches, du coup ?

— Non.

— J'ose pas te le dire, Madeleine.

— Oh je t'en prie, dis-le !

— On dirait des mots.

— Oh mon Dieu ! C'est abominable !

Illico presto nous voici chez le coiffeur que je briefe sur le côté plus aéré que j'imagine pour la touffe à Madeleine.

Le coiffeur, une toutoune royale :

— J'vois tout à fait l'espriiiiiiit, s'écrie ce spécialiste. On va la faire à sec pour pas perdre la matière !

Madeleine, en confiance dans le beau salon blanc :

— Faut m'faire un truc bien anal !

Tronche du toutoune.

— Ça va prendre combien de temps ? je lui demande pour le déscotcher du miroir où il mirait fasciné Madeleine.

Et lui, secouant Sodome et Gomorrhe qu'il avait en boucle d'oreille.

— Oh ben si on la fait à sec, dans une demi-heure, elle est finie, hein.

Moi, le prenant à part :

— Non.

Lui :

— Comment ça « Non » ?

— Non : ça va prendre plus longtemps.

— Oh ?

— Ça va prendre deux heures.

Lui :

— Ben non.

Moi :

— Ben si.

Dominé par ma détermination, qu'il était.

— Ben alors dans ce cas si vous pouvez me la laisser deux heures, ce que je fais, c'est que au pire je la mouille après. Quitte à lui coller un peu de gel sur le travail fini pour lui redonner de la matière.

— Faites ça.

Voilà comment j'ai pu enfin prendre un taxi, foncer chez Monsieur Bricolage, acheter mon matos, entrer déposer le matos à l'hôtel, et revenir checker Madeleine, qui était passée de la coupe de Richard Cocciante à celle de Jessica Lange dans *Le facteur sonne toujours deux fois*, et s'en réjouissait, défaisant elle-même les papillotes d'une cliente dans le salon de coiffure.

Retour à l'hôtel : 18 heures. Madeleine pouvait comme qui dirait enchaîner sans temps mort sur « Le tiers analytique : castration d'un complexe », qui commençait là. Je l'ai accompagnée jusqu'à la zone de l'hôtel où se débobinent les salles de congrès. Je voulais évidemment vérifier que Sandor Maghyar était bien là plutôt qu'à sa chambre. Il était là, assis au premier rang avec, pas commun, Jean-Gilles à côté de lui. Sur le point de partir, j'eus juste le temps de voir combien le nouveau look de Madeleine faisait son petit effet. Sandor Maghyar se mit à froncer tandis que Jean-Gilles se retournait épouvanté vers l'entrée de la salle où il croisa mon sourire coup de poing qui signifiait, là dans un morse remontant carrément au lycée Louis-the-Best : « Voilà c'qui s'passe quand on vient pas avec moi faire les courses. » Car, est-il besoin de préciser que Madeleine en slim et avec un sweat tête de mort, c'était signé que j'y avais ma part.

Georges Laval, montant sur l'estrade avec l'intervenant *castration*, fit, en voyant sa femme, une halte à côté de laquelle les pauses respirations de François Mitterrand lors de l'ascension annuelle de la roche de Solutré étaient du pipi d'acarien. Il ressemblait à ces chiens de chasse capables de se tenir une patte en l'air, vibrant de flair, devant une odeur préoccupante.

— Madeleine, que se passe-t-il ? entendis-je.

Je me cassai plus vite qu'un chat devant l'affection d'un bambin.

Je remontai à la chambre où nos lits à Jean-Gilles et à moi étaient mystérieusement de nouveau contigus. Je pris deux secondes, alors que j'avais pas que ça à faire, pour les décoller. J'attrapai dans le fond du placard l'échelle que j'enfournai dans une serviette de bain. Je mis mon académique de danse que seule une inspiration divine m'avait fait glisser dans ma valise, je laçai les tatanes à crampons, et mis un peignoir Lucien Barrière sur tout ça, et je me dirigeai vers les ascenseurs. Là, je croisai deux garçons d'étage qui me dévisagèrent étrange.

— Je fais de la boxe française, leur dis-je.

Mes amis vous diraient l'infinie adaptabilité de mon esprit d'à-propos.

En bas, je sortis par la terrasse. Je contournai l'hôtel en peignoir dans, Dieu merci, une obscurité quasi totale, vu qu'il était 18 h 30 et qu'on était en décembre. Je me plaçai sous les fenêtres de Sandor Maghyar, lequel avait vue sur mer, lui, hein. Grâce à l'arbalète de plongée, je visai le Maghyar corner et envoyai en l'air l'échelle de corde, à laquelle j'avais préalablement fixé un crampon.

Du premier coup, je parvins à coincer l'échelle au balcon de Maghyar.

Restait plus qu'à nous escalader tout ça. Je le fis promptement, ne m'arrêtant que pour saluer les passants au cas où. Mon message était : « Je n'ai rien à cacher, j'ai juste oublié mes clefs. »

Sur le balcon, c'était comme je pensais, suite à la montée du chauffage, la chaleur dans la chambre avait été telle que Sandor Maghyar avait dû se résoudre à entrebâiller la fenêtre. Je pousse à peine, ça s'ouvre.

Je rentre, j'attends quelques instants, le temps de repérer un peu les lieux dans la pénombre. Déjà, notons, piaule plus grande que celle de Jean-Gilles. Ensuite, des valises partout pour seulement quatre jours de séminaire. « Illisible et Opaque » était vachement coquet, dites donc ! Je m'approche d'une valise, et là quelque chose me met la puce à l'oreille. Bien que ma visibilité soit rendue réduite par le côté nocturne de mon escapade, je distingue très bien le motif sur la première valise que j'avise : c'est une Goyard. J'étalonne à pointer les autres valises : toutes des Goyard.

Certains instants dans le noir sont emplis de clairvoyance. Il ne me fallut guère de temps pour faire le lien entre l'Asiate du hall, cet après-midi, et le festival de la valise que j'avais sous les yeux. Ces déductions établies, une sorte de troisième œil m'avertit, tel le sonar du dauphin, que Sandor Maghyar, certes illisible et opaque, ne l'aurait pas été au point de placer son traversin complètement à la verticale de son plumard, comme il me semblait l'être.

Tout aussi peu probable, le coup que le traversin dégageait une forte odeur de Shalimar.

Tout aussi peu probable, le coup que, du traversin, provenait comme une respiration comminatoire.

Mon intuition se trouva confirmée quand je vis, non pas bouger, mais voltiger le traversin. Lequel traversin déplia des pattes télescopiques qui s'accrochèrent de part et d'autre de moi, en hurlant des « Yayo ! » des « Yakisa ! », et des « Tacata ! ». S'ensuivit une altercation où il apparut que le plus traversin des deux n'était pas celui qu'on croyait. En effet, alors que je me sentais de plus en plus molle et ouatinée et davantage faite pour l'univers de la literie que pour la guerre, le supposé traversin, lui, se faisait tranchant, avec des plats de la main qui auraient pu facile circoncire des nains de jardin, même des en ciment.

Ce traversin, c'était l'Asiate. Nous échangeâmes un regard qui ne laissait point de doutes sur cette question.

Je parvins à me dégager au prix de contorsions dont je vous passe les détails, tant elles se firent quasi inconsciemment, dans une nette pulsion de survie. J'eus sitôt fait de me précipiter sur le balcon d'où je sautai sans demander mon reste. Je tombai dans un buisson, par chance un de ceux qui gardent leur verdure en hiver.

Je laissai là mon matos et courus vers la plage reprendre mes esprits. J'arrivai de la sorte jusqu'au minigolf.

J'envoyai un texto à Jean-Gilles : « Raboule urgent vêtements au minigolf. »

Il se matérialisa quelques minutes plus tard, m'apportant une tenue pour le moins bizarre et des trucs que personnellement moi j'aurais jamais pensé à assortir, mais bon. Je me changeai à toute blinde, je gelais.

Puis sa voix résonna dans la nuit :

— T'as les documents ?

Une question qui pouvait m'énerver.

Mercredi

Désolée, mais quand Jean-Gilles avance : « Un dîner de cauchemar », je trouve qu'il va trop loin.

Le dîner d'hier, je le qualifierais moi de mitigé.

D'abord, fait non négligeable, on avait le franc succès de Madeleine en tatanes compensées, qui faisait la démo à qui voulait, de comment chacun de ses mouvements était rendu dément d'allure, du simple fait qu'elle avait suivi mes conseils. C'était pour moi une joie sans réserve de la voir enfin fringante et fringuée, au lieu de la voir touffue et attifée. Cela, du moins, était une réussite complète. Avec juste, peut-être, le léger bémol que va falloir qu'elle arrête de venir me pilonner à coups de bises parce que je vais finir par avoir des bleus.

Ensuite, si on pense à cette réalité que j'avais pas eu le temps de monter me changer et que j'étais là vêtue des frusques que m'avait pécho au pif Jean-Gilles dans la penderie, je m'en tirais pas trop mal. Jean-Gilles trouvait que j'en faisais trop. Je le lui ai dit à Jean-Gilles : « Fais-le, toi, de marcher somptuous & sex avec des chaussures dépareillées ! » C'était siffler sous l'eau, malheureusement. Il était tellement crispé par le coup avorté du balcon, on pouvait plus discuter avec lui.

Enfin, dernier point à mettre dans ceux positifs : la bouffe était bonne. Ah moi, je me suis régalée !

C'est vrai que d'autres éléments hélas venaient pondérer ces bonnes nouvelles.

Par exemple, le fait que Georges Laval, lui, ne bitait que goutte au néo-look de sa femme. On aurait dit que ça lui faisait pas plaisir que sa wife soit un peu wild !

— Vous auriez dû me demander, il me disait.

Je sais pas, moi, il me semble que si j'étais mariée avec une férue des châles en châtaignes, je serais hyper-contente qu'un personnal shopper lui consacre deux heures, non ?

— Georges, vous êtes pas fâché, quand même ?! je lui ai demandé.

— Non, il me dit.

Il fallait voir sur quel ton !

— Elle est pas géniale, votre bonne femme, en psy contemporaine ?!

Bourru, il me répond :

— Elle a perdu toute sa retenue.

J'étais excédée qu'il ne m'en soit pas plus reconnaissant.

— Ah ben cache ta joie !

Et comme il continuait de me fusiller du regard, je me suis pas gênée pour ajouter :

— Eh, c'est pas un type qui vit la langue au balcon de ses babines qui va nous faire une leçon de retenue, non ?

Là, ça y est, il était fâché.

— Georges... j'ai commencé

Furax. Il tournait son menton vers d'autres horizons.

50

— Georges, je plaisantais, quoi !

Impossible de le faire ré-abonder joyeux.

— Georges, faites-moi une petite langue pour me montrer que vous êtes pas fâché.

Et lui :

— Non, je n'ai pas envie.

— Georges…

— Je n'ai pas envie, je vous dis.

— Allez ! Une petite langounette croquignolette…

— Cela suffit.

OK, les grands moyens :

— Georges, vous savez que vous êtes sexy, là, avec votre côté rustre…

— …

Tant pis. J'allais pas m'éterniser avec un rabat-oij, non plus.

J'en étais où, sinon, du dîner ? Ah ben oui ! Ah ben j'allais oublier la cerise ! Évidemment Sandor Maghyar se ramène avec sa Manga. Jean-Gilles aussitôt pique du nez dans sa salade folle, pendant que moi je la tente salut guilleret et complice pour faire façon « hein qu'on s'ennuie jamais à l'hôtel Normandie ! ». Eux, ils me passent devant hiératiques, droits comme des flamants.

Jean-Gilles me marmonne, estomaqué :

— Comment ça s'fait qu'il s'arrête pas pour te péter la gueule ?

Je lui réponds :

— Non mais dans quel monde vis-tu, Jean-Gilles ?

Là-dessus, voilà-ti pas que, à peine assis, Sandor et la Manga se relèvent et reviennent vers nous.

Descente d'organe chez Jean-Gilles.

— Il va te péter la gueule !

Sans vouloir ergoter, si c'est ma gueule qui allait être pétée, on se demande bien pourquoi c'est son propre visage que Jean-Gilles se protégeait avec le coude, au lieu de se mettre en bouclier devant ma vie avec la bannière «faudra d'abord me passer sur le corps».

Maghyar et Manga arrivent et se plantent devant nous. Surtout lui devant moi. Moi assise, lui debout, je vous dis pas lui où j'avais son hibou.

Climat électrique.

J'étais déjà en train de me regarder dans les miroirs de la salle pour garder un souvenir de comment c'était une gueule non pétée, quand une voix gracieuse et donc tout à fait inédite de Sandor Maghyar a dit, une main tendue vers la Manga :

— Je voudrais vous présenter Kim...

— Hein ? a fait Jean-Gilles.

Forcément, il entendait pas bien, il avait son coude en l'air avec son épaule collée à son oreille.

Maghyar :

— Kim, une amie.

Là, la Manga fait «kssssssss...» comme un chat endiablé.

Il est obligé d'ajouter, Maghyar :

— Une amie très proche.

«Ksssssssssss...»

— Une amie très très proche... ma... ma...

«Ksssssssssss...»

— ma... petite amie.

«Ksssssssssss...»

— Ma fiancée.

Enfin elle daigna sourire. Enfin, si plisser les yeux c'est sourire, hein !

Je tends poliment la main, bonjour, comment allez-vous, ravie de vous connaître, laissez-moi mademoiselle vous présenter le plus jeune psychanalyste de sa génération, Jean-Gilles Edelman.

Et puis je suis obligée d'ajouter :

— Jean-Gilles, ton coude.

Pour que nos nouveaux amis voient un peu son visage, si vous voulez.

Pensant subitement à notre couverture, je précise :

— À moi aussi, Jean-Gilles est mon petit ami.

— Absolument pas ! qu'il se met à brailler, l'autre.

Alors moi :

— Bien sûr que si, Jean-Gilles, voyons… la nuit nous partageons LA MÊME COUVERTURE.

Il se met à nous contempler benêt, réalisant sa bourde :

— Ah ben oui. Oui ! Oui ! Évidemment ! Où ai-je la tête ?

— Nous vous souhaitons un excellent dîner, règle Sandor Maghyar.

Et ils se re-cassent les deux vers leur table.

Vous me direz : so what ? Pourtant c'est là, en les regardant reprendre place que j'ai saisi le quiproquo. Elle avait soudain un air tellement réjoui, la Kim, un air tellement soulagé, c'est ça qui m'a mis la puce à l'oreille. Et moi, quand j'ai la puce à l'oreille, ça prend jamais bien longtemps après pour que je la chope et que je l'autopsie.

Tout devenait limpide.

Of course que la Kim, me voyant débouler dans la chambre de son petit ami comme en terrain conquis, elle avait dû se mettre martel en tête et s'imaginer que je venais là pour retrouver son Sandor. Elle avait cru à un adultère ! Et c'est pour ça qu'elle m'avait sorti son ju-jitsu ! Même une Niponne, même la plus friponne, même la plus Sorbonne, dégaine pas des prises machiavéliques uniquement pour un fichier « Injonctions du jouir » ! Fallait une raison bien plus impérieuse : l'amour ! The desire !

C'était évident, voyons. C'était la seule explication possible. Et là, elle était rassurée parce que Sandor l'avait « outée ». Un déficient avec les yeux bandés aurait pu le déduire.

D'ailleurs, quand on parle du loup :

— Alors là, vraiment c'est à n'y rien comprendre, bégayait Jean-Gilles.

Quant à ce matin, je dormais à poings fermés : on toque à la porte de ma chambre. Je regarde l'heure : « 11 h 3 ». Je regarde vers le lit de Jean-Gilles : vide.

Donc qui c'est qui se tape d'aller à la porte avec tout un pan de cerveau encore en plein sommeil paradoxal ? Bibi.

— C'est à quel sujet ? je demande.

— C'est Gegegegegegeorges… j'entends, dans un bruit de gorge.

J'ouvre. Il était là avec la chemise ouverte sur une bedaine grosse comme le bassin d'Aquitaine, et ses cheveux gris montés en cris de youpi des deux côtés du crâne où il en avait encore.

— Ben Georges, je lui demande, qu'est-ce qui vous arrive ?

En réponse, il me sort sa langue.

— Y a pas séminaire ce matin, Georges ?

— Ce matin je t'insémine, il me répond, la langue au plafond.

Ah.

Alors moi :

— Holà mon frère, où il est, le pudique Georges d'hier ?

Ma famille vous dirait mon sens éprouvé de la pondération.

Et là, il me baragouine :

— Tu la veux ma langounette croquignolette ? Je vais te la mettre partout ma langounette, si tu veux on va même t'en faire un serre-tête, ou alors si tu veux c'est moi qui la serre ta têtête et toi je te dis ce que tu dois faire avec ta langouninette, j'ai des projets pour toi, ma garce de garçounette !

Bref, des propos qui seraient passés comme une lettre à la poste à un concours des mots en «ette», et qui là, de bon matin à l'hôtel Normandie, tombaient comme un neveu sur sa soupe.

Moi :

— Georges, c'est quoi ce bordel ? Vous êtes vulgaire.

— T'as dit *vulve-gaire*, t'as entendu ?

Et me désignant sa brioche comme si que c'était un œuf Kinder avec rien que du plaisir et des surprises dedans :

— Tu vois pas que j'ai le vif désir de l'acte cru ?

Moi, prompte à relativiser :

— Que nenni…

— J'ai rêvé de toi toute la nuit, il me dit.

Moi :

— Oui Georges, mais vous savez comment c'est… on rêve, on rêve… et puis après on oublie, hein !

— Non, moi j'ai tout noté sur un carnet.

Et le v'là qui me sort son calepin à songes.

Dix lignes en pattes de mouche, en plus se chevauchant (mais ça Georges il prétend que c'est parce qu'il écrivait dans le noir pour pas réveiller Madeleine), et des propos là-dedans avec des tenants et des aboutissants si alambiqués que même à une partouze de pieuvres ça aurait été plus facile à chacun de retrouver ses ventouses.

— Georges, je respecte Madeleine, j'ai dû dire. Ça pouvait pas faire de mal.

— Viens sur mon corps goûter ma baleine, il me sort.

Je lui ai claqué la porte à la goule.

J'ai essayé de me détendre. Mais trop tard, j'étais tentée. Va-t'en te détendre quand t'es en sexual harassment ! J'adore jouer sur les baleines, moi ! ! !

Pour me calmer, je me suis fait couler un bain. Y a que ça pour me relâcher le métabolisme, en vérité. Une fois que la baignoire a été chaude et pleine je me suis glissée dedans, pour un repos bien mérité.

Toutefois, c'était pas mon jour. J'étais pas sitôt immergée que Georges re-toque à la porte. Du fond de ma baignoire, je lui braille :

— Eh, ça commence à bien faire, pépère ! Alors, tu la prends, tu te la mets en bandoulière, tu te l'attaches avec ta langue si tu veux, mais ton vif désir de l'acte cru, si tu veux pas que je t'en fasse un collier de chihuahua, je conseille de te le rembobiner dans le carquois. Pigé ?

C'est là que, contre toute attente, une voix persiflante me dit à travers la porte :

— N'inversons pas les *rôles*, en tant qu'ils sont *controverses utopiques*.

Maghyar.

Passer un peignoir n'a pas été le plus difficile. Le plus difficile, ça a été d'ouvrir la porte avec un air naturel après ce que je venais de déverser comme privautés. Vous me direz : pourquoi as-tu ouvert ? Je vous répondrai ceci : comment accomplir ce pour quoi je suis venue ici si, quand la cible frappe pile à ma porte, je pars en courant me planquer avec mon canon scié ?

Aussi ai-je ouvert cette satanée porte et me suis-je exclamée :

— Sandor ! Excusez-moi je croyais que c'était Jean-Gilles !

— Ne fais pas l'imbécile, qu'il me rétorque, entrant dans la chambre d'un pas plutôt leste pour un garçon aux microjambes.

Il examine vite fait la piaule, checke les deux lits séparés, se retourne vers moi et me constate :

— Vous dormez dans les lits séparés.

Trop il avait l'esprit de déduction !

Moi, essayant de faire amie-ami :

— C'est cool de se voir !

Lui :

— Attention, j'ai très bien vu ton petit manège.

Illico je vérifie que mon peignoir est fermé. Fausse alerte, il parlait pas de ce manège-là. C'est plutôt la fenêtre qu'il indiquait :

— J'ai accepté de jouer cette comédie au dîner pour rassurer Kim, mais moi je sais très bien ce que tu cherches.

— Oh ?

— J'ai tout deviné.

— Oh ?

— L'affaire n'a pour moi plus de secret. Je t'ai percée à jour, toi et tes *desseins*, en tant qu'ils sont *dessins* éloquents de ton topos.

Là, voyez, j'avançais sur des œufs.

— Tu sais pourquoi j'ai escaladé ton balcon, vieux ?

— Oui.

— Tu vas aller à la police ?

— Me prends pas pour un lâche. Je règle ça moi-même.

Si vous voulez mon sentiment, j'aimais pas trop la tournure que ça prenait. Une tentative de vol, c'est une tentative de vol. Alors tout ça est funny un moment, OK. Ça l'est moins si d'aventure tu te retrouves dans un espace clos avec un Hongrois qui soupçonne pour quelle raison exacte t'as escaladé son balcon. Il allait peut-être pas être si facile que ça à embarbouiller, le parano.

D'où que sur-le-champ, j'ai sorti mon parapluie :

— Écoute, vieux, le mieux c'est que tu voies ça directement avec Jean-Gilles. Parce que c'était son idée à lui.

— Oh ça ne m'étonne nullement ! Eh bien écoute-moi, mon petit : vous ne me faites pas peur, tous les deux, avec vos inconscients à deux euros. Et tu peux aussi lui passer le message, à ce crétin de Jean-Gilles Edelman. Oui, j'ai quelque chose que vous voulez, mais vous ne l'aurez pas. Et toi notamment tu l'auras jamais, T'ENTENDS ? Maintenant grouille et va prévenir ton Jean-Gilles que c'est fini, les manigances et compagnie !

Il m'a poussée vers la porte d'une force ! Je me suis retrouvée en peignoir dehors dans le couloir, avec lui et ma clef à l'intérieur !

Le monde à l'envers.

— Ouvre-moi cette porte, Maghyar !

— Va te faire voir !

Il se prenait pour qui ? Je suis descendue hardi petit à la réception me chercher une autre clef. Ça allait pas se passer comme ça. C'est pas un

Hongrois qui allait me foutre à la porte de chez moi. D'ailleurs, la fille de la réception a bien compris que l'heure était pas à batifoler. Idem pour Madeleine que je croise aux ascenseurs en remontant :

— Tu viens nager à la pistoche ! elle me joviale.

— J'ai pas le temps, je lui règle.

— Viens, on va sculpter notre corps !

— Mon corps, il est déjà sculpté, Madeleine.

— Oh oui j'adore ton corps !

Et attends je le crois pas, elle me sort sa langue, elle aussi.

J'étais quasi soulagée de remonter à ma chambre. J'enfourne ma clef, ma porte s'ouvre, j'entre fumasse tel Pincho Della Morte le célèbre taureau redoutable et qui je trouve ? Nobody. Il s'était cassé, l'autre dingo.

Bon débarras, je me dis.

Je me suis refait couler un bain vu comment que le premier avait refroidi. Tu vas voir qu'il allait être 13 heures, que Jean-Gilles allait remonter de « Outrances et désirances dans *La Potière jalouse* », et que je serais pas encore lavée !

D'ailleurs, ça a pas loupé. Un pied dans le bain, la porte s'ouvre : Jean-Gilles.

— Sandor Maghyar était pas au séminaire, ce matin. Tu l'as vu, toi ?

J'aime pas annoncer les bad news, hélas il fallait en passer par là :

— Jean-Gilles, Sandor Maghyar sait pourquoi je suis là.

Mercredi soir

Aspect de Jean-Gilles au déj : détruit. Il se faisait dessus à l'idée d'avoir été démasqué.

J'en étais à me distraire toute seule en reluquant la salle. Fallait voir le foutoir au bout de trois jours de séminaire. Ça blablatait *stéréotypie déliante*, *dripping de Pollock*, *destitution d'hermaphrodisme*, et *contrepartie négativante de l'effort*. Alors en plus, les interprètes, payées à prix d'or d'après Jean-Gilles, elles se les roulaient ! Un poème ! Non seulement, au lieu de traduire, elles miraient les psys mâles en buvant leurs paroles comme si que c'était du thé de chez Mariage Frères, mais dès qu'elles te traduisaient un truc, c'était pour le compliquer un cran encore :

— L'effort, en fait, c'est le *conatus*.

Welcome au Vatican, parlons tous latin ce sera plus facile pour se comprendre.

Quand Maghyar est entré dans la salle, on avait Jean-Gilles en descente de lit au ras de sa chaise, j'ai dû le remonter à la fourchette sinon il se foutait minable devant son concurrent.

— Alors comme ça, Edelman, c'est toi qui as eu l'idée de m'envoyer ta fiancée ? Eh bien c'est du joli! a ironisé Maghyar en nous frôlant d'un mouvement mélodramatique.

— Je te détrompe tout de suite…, commençait Jean-Gilles.

Mais il était bien emmerdé pour le détromper, car Maghyar était déjà parti parader trois tables plus loin. Maghyar était d'une humeur de rêve, j'ai noté. La Kim est arrivée, il lui a fichu d'office une main sur le pubis, on était tous horriblement choqués.

— Il est dans la surpuissance, a dit Jean-Gilles. T'as vu son phallus?

Moi, cherchant mieux :

— Euh, non? Où ça?

Jean-Gilles, me détrompant :

— Le phallus, c'est pas le pénis. Le pénis a la taille qu'il a. Le phallus, lui, est symbolique, donc il peut être immense.

Moi :

— Oh?

— Oui, c'est pour ça qu'il est dans la surpuissance, ce salaud.

Et Georges Laval qu'on n'avait pas vu venir :

— Sandor a toujours eu un gros phallus.

Moi :

— Sans blague?

Vu ce qui s'était passé ce matin, Georges Laval pouvait faire que toussoter en évitant mon regard. Ça aurait pu créer un léger malaise si Madeleine n'était pas intervenue. C'est nettement moins sauvage qu'elle me plongea dans le cou avec des bisous de fan pour me suçoter la glotte.

Moi :

— Madeleine, stop.

Elle prend place à côté de moi.

— C'était génial la pistoche! elle me relate.

Moi :

— Je m'en réjouis !

— Tellement sympatoche !

Je remarque qu'elle a changé son sweat tête de mort pour un autre vachement bien que je lui ai fait acheter : avec *Joy Division* écrit dessus.

— J'ai fait un massage gratos, après ! elle me dit.

J'ai levé une oreille :

— Ah bon, on peut se faire masser gratos ?

— Seulement le matin, Kim elle y va aussi le matin, elle adore ça, c'est dans sa culture, pour mettre les organes en route. Mais si tu veux, je te le fais cet aprèm ! On se met sur ton lit avec une serviette-éponge pour pas salir, Georges a toujours de l'huile avec lui. Hein, Georges ?

Rougeur relative de Georges, qui dut mettre sa main devant sa bouche tant sa langue partait de nouveau dans un trip très *stéréotypie déliante*. Comme quoi, quand on apprend un terme nouveau, on trouve tout de suite comment l'employer, pardi !

Devant nous guère loin Maghyar et sa Manga s'entrelaçaient. On prétend que les amoureux sont seuls au monde, ceux-là en tout cas adoraient se retourner vers Jean-Gilles et moi pour vérifier leur audimat. Avec des airs méphisto-phéliques.

Jean-Gilles n'avait plus d'ongles à force de se les boulotter. Georges Laval avait bien du mal à l'étourdir, même avec des blagues aussi poilantes que celle du patient sans ego qui avait rêvé qu'on lui offrait des Lego.

— Madeleine, j'ai demandé tout bas : tu dirais, toi, que Sandor Maghyar est dans la surpuis-sance ?

— Il en est la figure même. J'ai trop hâte de te masser ! Ça va être tellement un moment à nous ! Et puis je veux que tu viennes dans ma chambre pour me dire avec quoi mettre mes collants en lurex !

— Quels collants en lurex ?

— Je suis allée au Printemps ce matin pendant que Georges avait une urgence thérapeutique à ton étage.

Nez de Georges piqué dans son assiette.

Madeleine qui continuait sur sa lancée :

— J'ai failli te proposer qu'on aille se refaire ensemble la rue de Paris. Tu es ma shopping idol ! J'aime être avec toi ! Tu sens bon !

— Madeleine ?

— Oui ?

— Sois mignonne : lâche mes doigts, tu m'empêches de manger.

On n'aura aucun mal à comprendre, après un tel déjeuner, pourquoi ni Jean-Gilles ni encore moins moi eûmes le courage d'enchaîner sur « Imago maternante et tétées symboliques ». On n'a pu que s'écrouler sur nos lits.

Même mort, ça empêchait pas Jean-Gilles de logorrher tout ce qu'il pouvait :

— Ah mais tu te rends pas compte ! Ça peut avoir des conséquences épouvantables si Sandor me dénonce à notre société de psychanalyse ! Ils sont hyper-stricts ! Ça peut aller loin ! Je peux me faire radier ! Et ça va très vite, après le monde entier saura que je suis plus à l'AGPT ! Je ne serai plus qu'un mécréant de l'inconscient.

— On se calme. On n'a rien volé du tout, je te signale. L'AGPT, elle l'a dans le cul !

Il se mit à y réfléchir :

— Ah oui, c'est vrai, tiens.

J'allais pour m'endormir, et il embraye :

— Ouais, mais attends ça résout pas mon problème. Moi, demain après-midi, je vais me ramener devant vingt-huit confrères et tout le public avec mes « Injonctions du jouir », et lui, juste après, parce qu'il est juste après dans le programme, je te rappelle, en clôture, il va encore réussir à avoir le dernier mot, sur le même thème que moi ! Et imagine qu'en plus il ait mieux raisonné son corpus que moi ? T'as pensé à ça ?

Je ne voyais plus qu'une solution :

— Eh ben si c'est comme tu dis, Jean-Gilles, je vois pas pourquoi on hésite.

Lui :

— Hein ? Quoi ?

— On va lui faire comme on avait décidé au début. On va lui barboter son truc.

— Un re-vol ?

— Un re-vol.

— Tu ferais ça pour moi ?

— Ouais. Demain matin, sa nana est en bas au spa pour un massage. Lui, il sera au séminaire. Je me démerde pour taxer la clef de Kim, je m'introduis dans leur chambre, je lui destroy ses documents, et on le réduit en calcium, ton Sandor !

On était très soulagés. On ne peut pas toujours dans la vie s'en tenir à des replis prudents. Parfois il faut foncer. Et alors que je m'apprêtais à siester paisible sur ces belles décisions, voici qu'on toque, désormais bruit familier, à notre porte.

— Qui ça peut bien être ? demande Jean-Gilles.

J'étais déjà à apostropher :

— Georges, je vous adore mais là on fait la sieste. Alors votre langue, vous l'enroulez en rollmops autour de la pile d'un sex toy si vous voulez, mais moi faut me laisser en paix, je reprends des forces. OK ?

Or une voix, certes familière mais inadéquate, me répond :

— Avec qui tu es dans cette chambre ? Réponds et ouvre, ou je défonce la porte, je te préviens !

J'allais pour m'écrier « Ulrich ! », je n'en eus pas le temps. Jean-Gilles était déjà dans le désordre le plus total, les bras en l'air, à essayer de hurler le plus bas qu'il pouvait pour pas éveiller les soupçons on se demande de qui :

— Merde, c'est Ulrich, un de mes patients ! Mais qu'est-ce qu'il fout là, ce con ? il me postillonne.

Ulrich en analyse sur le divan de Jean-Gilles ? Tu m'étonnes qu'Ulrich guérissait no way !

— Ulrich ! Quelle surprise ! j'ai fait.

Ulrich, grand comme il est, n'a eu que deux pas à faire pour se retrouver en plein milieu de la chambre.

Moi, il s'en foutait, il cherchait son adversaire. Une fois ce dernier trouvé, il a fait :

— Vous ?

Il était trop ahuri encore pour être choqué. Un enfant devant le jouet d'un grand.

— Ce n'est pas ce que vous croyez, Ulrich, a répondu Jean-Gilles d'une voix bien grave, tentant de rassembler le peu de crédibilité que peut avoir un praticien torse nu sur le caleçon duquel se battent en duel Batman et Catwoman.

On sentait qu'Ulrich, pour sa part, commençait de rassembler en lui la fée lucidité.

Le silence massif attendait nos verdicts.

Et dans l'instant, Ulrich obliquait vers moi :

— Quoi !? Tu sors avec mon psy !? Tu me dis que tu vas aider un ami et en fait tu sors avec mon psyyyyyyyy !? Non mais tu te fous de la gueule de quiiiiiiiiiiiiiiii ?

Alors moi :

— Jean-Gilles est mon meilleur ami, Ulrich. Va pas te mettre la rate au court-bouillon.

Alors Ulrich, me soulevant de terre :

— Quoi !? Tu t'es faite amie avec mon psy !? Non mais t'as tous les culots !!! Et où elle est l'indépendance de mon EGO !? Où elle est, hein !?

Il me secouait le berzingue, si j'avais eu de la monnaie sur moi, elle serait tombée. C'est sauvée par le gong que j'ai été. Miraculeusement, on sait pas pourquoi, Ulrich m'a lâchée et s'est plutôt tourné vers Jean-Gilles, une mine des plus menaçantes accrochée à sa face. Avançant vers lui en se balançant d'une patte sur l'autre tel le Néandertal, il a dit :

— Dites donc, Edelman, espèce de petite ordure, je suis sûre que vous lui avez raconté des trucs sur moi ?

Jean-Gilles, outré :

— En aucun cas. Je suis lié par le secret professionnel.

Mais Ulrich, ça y est, il était barré les écailles me tombent des yeux, c'était trop tard pour l'arrêter :

— Ouais ! Ouais ! Ouais ! Chuis sûr que tu lui as dit pour la Saïgonnaise ! Chuis sûr que tu lui as dit pour la Togolaise ! Chuis sûr que tu lui as dit pour la Martiniquaise ! Et tu sais quoi, petite crevure avec ton caleçon de nain, chuis même sûr que tu lui as dit pour mes débords avec les autres Françaises ! J'vais te faire la peau espèce de salaud !!!

Il ne resterait sans doute plus rien de Jean-Gilles si, à cette seconde, on n'avait de nouveau toqué à la porte. Et autant Georges pouvait être gonflant par moments, autant là c'était joie inexhaustible de savoir qu'il allait, par sa seule présence et sa longue pratique des comportements de décompensation, pouvoir nous dédramatiser tout ça. Aussi, c'est bras ouverts, en plus que moi aussi j'étais qu'en slip, que je l'ai accueilli.

— Hello !!! je braillais.

Sauf que c'était zéro Georges. C'était Madeleine.

— Je suis venue te faire ton massage ! elle s'écriait.

Ajoutant, fascinée par ma tenue :

— Oh ! Il est beau, ton corps !

À moins que tu aies toi-même des dispositions pour la touffe enchantée, quand une fille te suce les doigts, aime ton odeur, et te fait du pied sous la table, en général tu essaies de pas lui ouvrir toutes les portes torse nu en combi-short avec ton air le plus propice.

Sauf que c'était trop tard. Dans un élan, elle se collait all other my body en poussant des mini-cris de truie. Un raffut tel qu'il amena Ulrich à lâcher temporairement Jean-Gilles pour venir voir ce qui se tramait de mon côté.

— Qu'est-ce qui se passe ? il demandait.

Moi :

— Rien. C'est Madeleine. Une amie.

Et Ulrich :

— Que d'amis !

Puis, un poil plus soupçonneux :

— Qu'est-ce qu'elle fout avec un tube de vaseline, cette greluche ?

Madeleine, offusquée :

— C'est l'huile de massage de mon mari !

Ulrich :

— Qu'est-ce que tu veux faire à ma copine avec de la vaseline ?!

S'ensuivit un pugilat entre ces deux-là, que Jean-Gilles et moi mîmes à profit pour choper des peignoirs et nous tailler vite fait vers le spa, le seul endroit pour nous accessible, déshabillés comme on était.

Inutile de vous dire qu'Ulrich a fini par nous retrouver. Non pas que ce soit un limier en chef : juste parce que les filles d'étage, ébahies par sa beauté nordique, ont cafté vers où on avait filé. Heureusement, Ulrich ayant horreur de l'eau, j'ai dit à Jean-Gilles :

— On sort pas du bassin, il nous arrivera rien.

Il nous a tourné autour comme un requin terrien. Ce qui nous a laissé le temps de bien lui expliquer en quoi il s'équivoquait. Après, notre chance a été qu'il devait refoncer vers Paris toutes affaires cessantes pour un shooting et donc courir checker ses trois cents mallettes. On a juste eu le temps de prendre un verre. Verre durant lequel j'ai été assez sympa pour pas trop enfoncer le scalpel sur le coup de la Saïgonnaise et de ses copines en « aise ».

Tante Geronimo disait toujours : « Avant de hurler que l'homme est infidèle, recompte ta propre ribambelle. »

Jeudi

Je vous raconte ma matinée, mais faudra pas venir me dire après avec un air outragé : « Je le crois pas que t'as vécu ça ! C'est trop inouï, c'est trop dingue j'y crois pas ! » La vérité, c'est la vérité. On la dit, ou on la dit pas.

Alors elle commence à 10 heures, la vérité. Moi, encore un peu dans les bras de Morphée, et Jean-Gilles, puisque c'était le jour de sa *communication*, s'affairant de son lit à la salle de bains en allers-retours perpétuels. Nervosité compréhensible. Des années de recherches, la revue *Topique* aux taquets depuis des lustres avec seulement des parcelles de pitchs d'« Injonctions du jouir à l'épreuve d'Autrui en tant qu'Autre-Oui » à se mettre sous la dent, et là vlan le grand jour.

— À quelle heure c'est, biquet ? j'ai voulu savoir.

— À 15 heures.

C'est bien ce que je pensais.

— Et est-ce qu'on est tenus de gesticuler comme ça à H – 5 ?

Aussitôt, la mouche.

— T'es marrante, toi, comment veux-tu que je sois au repos alors que je suis à l'aube d'apporter à la psychanalyse l'apex théorisant de mon cursus de pensée ?

— Faut pas exagérer, je dis.

— Ouais ben tu sais combien y en a des types aussi jeunes que moi qui ont l'idée de mettre l'*Erklärung* kantienne à la lumière de nouveaux impératifs du moi ?

— Zéro ?

— Parfaitement !

Bref, impossible de le tempérer en quoi que ce soit. Ma grasse matinée était cuite. Foutu pour foutu, il m'a semblé à propos de demander :

— Ça parle de quoi, ton machin ?

J'avais pas sitôt posé ma question que le Jean-Gilles partait en laïus sur de nouvelles relations masculo-femina, où c'est que la femme aujourd'hui disant davantage « oui » que jadis quand l'homme la convoquait sur les lieux de l'intime, elle posait désormais le problème insolite d'une facilité, supposée facies erronée des caractères possessifs primaires, lesquels... etc. etc. etc. C'était évidemment trop tard pour stopper cette harangue, je sentais que j'allais me taper les riches heures d'Autrui jusqu'à 15 heures lorsque Jean-Gilles, alerté par mes yeux fluctuants, a dit :

— Ça te paraît confus ?

Moi :

— Ça sonne super, en tout cas !

Lui, fonçant sur son ordi :

— Attends, je vais te le faire avec les mots exacts. Parce qu'il faut l'entendre en entier.

Penser qu'à 10 h 20 j'allais me cogner sa prosopopée in extenso me confinait neurasthénique. Or, le sort pencha en ma faveur. Tapotant sur diverses touches pour enclencher son informatique, je vis Jean-Gilles marteler un rien trop nerveux son clavier, le bras tragiquement tendu dans ce qu'on aurait juré être les prémices d'une panic attack.

— Ça va, Jean-Gilles ? m'enquis-je.

Non, ça allait pas.

— Où est mon fichier ? il demandait à son ordi.

Un être en proie à l'angoisse, il faut le tirer de là.

— Regarde avec mes yeux, j'ai dit.

Hélas, il apparaissait que rien ne marchait, ni mes efforts de dédramatisation, ni ceux de Jean-Gilles pour faire rabouler sur son bureau un fichier qui demeura introuvable.

— Tu as touché à mon ordi, dernièrement ? il me demanda.

D'une voix à côté de laquelle le teint d'un mourant est une bonne mine californienne.

Moi :

— Non.

— Mais comment c'est possible, alors ? J'avais ce fichier-là dans mon ordi, je l'ai encore vu hier matin en regardant mes mails. C'est quand même invraisemblable, avoue !

— Tu l'as pas ailleurs, ce fichier ? je demandai.

La question était logique, non ? Eh ben Jean-Gilles y avait pas pensé !

— Ah oui, je l'ai sur une clef USB. Dans ma valise.

Tous les deux, à la valise.

Vous le croyez que Jean-Gilles, après avoir démembré sa valise jusqu'à lui soulever les dou-blures les plus improbables, il dut admettre que là aussi, il ne trouvait rien !

Moi :

— Elle est comment, cette clef ?

— C'est une petite silhouette de Freud! La prise est dans son cerveau. C'est ce que j'ai de plus précieux!

Moi, avisant le coffre-fort de la chambre :

— Tu l'as peut-être mise dans le coffre?

Non. Jean-Gilles avait rien pensé à mettre en lieu sûr. N'insistons pas. Lui aussi d'ailleurs préféra passer du coq à l'âne :

— Y a eu vol, il me dit.

Me regardant soupçonneux comme si on savait bien tous les deux qui était spécialiste en hold-up dans cette pièce.

Moi :

— Enfin Jean-Gilles, pourquoi j'aurais dérobé ton speech, réfléchis? Je m'en tape cordialement de l'Autre-Oui, moi!

Il dut reconnaître à mon argument une pénétrante pertinence.

— Mais qui, alors? C'est fou d'imaginer que quelqu'un ait pu s'introduire dans cette chambre pendant qu'on n'y était pas. Personne n'a la clef. Et en plus on n'a pas de balcon.

Alors peut-être les mots « pendant qu'on n'y était pas », peut-être le mot « balcon », la vérité me sauta au QI. Et je m'exclamai :

— Sandor Maghyar!

Jean-Gilles, sceptique :

— Bon Dieu, mais oui! Y a qu'à lui que profite le crime! Ah le fils de pute, il a jamais su mettre l'*Erklärung* kantienne à la lumière de nouveaux impératifs du moi! Il comptait juste copier sur moi!

Puis, doute insoutenable de Jean-Gilles :

— Ben non, qu'on est bêtes! C'est pas possible!

Moi :

— Pourquoi?

— Mais comment il serait entré, voyons ! ?

Ceux qui n'ont jamais eu à confesser avoir ouvert eux-mêmes la porte à l'ennemi sordide ne savent pas ce que j'ai enduré, durant ces interminables secondes où j'ai dû raconter à Jean-Gilles comment Sandor Maghyar, non seulement était venu me visiter hier matin, mais m'avait abusée au point de me foutre dehors de ma propre chambre, le temps d'y dérober la clef USB de Jean-Gilles et de lui détruire son fichier, car c'est of course ce qui s'était passé.

— Ce que tu peux être conne ! il vociféra.

Un geste de mon menton vers le coffre-fort lui rappela qu'à conne, con et demi.

N'empêche, il fallait vaincre ou mourir.

— Jean-Gilles, j'ai dit, c'est à cause de moi que tu as perdu ton fichier, c'est grâce à moi que tu vas le retrouver. À 15 heures, crois-moi, tu l'auras.

Et je suis sortie avec ma nuisette. Directement le spa pour faire les poches à la Kim et lui taxer sa clef, et après direction chez l'autre démon.

Vous auriez dû me voir pénétrer dans l'antre du traître ! J'étais vénère incommensurable.

Un lion fâché avec un Bouglione aurait pas eu mon énergie.

Il ouvre.

— À nous deux, Sandor Maghyar ! j'ai dit en lui plaquant une main sur le buffet.

Puis :

— Espère aucun secours, je sais que ta Kim est au spa tous les matins à se faire réajuster les organes, j'ai dit en sautant à pieds joints sur son lit king size.

Une entrée remarquée, je vous signale.

Que restait-il comme marge de manœuvre à cet homme ?

— Je savais bien que tu viendrais ce matin, il me sort.

Cherchant même pas à nier, en somme.

Je suis descendue du lit pour qu'il capte bien que y compris sur du plat je demeurais plus évocatrice que lui.

— T'espérais pas t'en tirer comme ça ? je susurre.

Susurrer, c'est mon truc.

— Qui a dit que j'allais te donner ce que tu cherches ? il essaie, l'ironie à la face.

Un railleur. Alors moi les railleurs je vous dis ce que j'en fais : je *suis*, comme au poker. En plus que là il l'avait dans l'os : j'avais quatre as.

— Si tu le donnes pas, je vais le prendre moi-même, je rétorque.

— Essaie donc.

Et si *suivre* ça marche pas, souvent je *relance* :

— Je vais le prendre moi-même, mon petit bonhomme, ai-je donc réitéré, m'avançant vers lui où c'est qu'on pouvait pas plus près sans passer au sublingual.

Je sentais son souffle vers mes poumons, sa bouche arrivait là. Un de mes seins l'a touché. Ça l'a troublé, j'ai senti.

Moi :

— Donne…

Lui :

— Non.

Moi :

— Donne, j'te dis…

Lui :

— Non.

Moi, ample gestuelle vers sa garde-robe :

— Donne, ou je mets ta chambre à feu et à sang.

Lui, se dégageant et s'installant sur son plumard :

— Fais à ta guise. Si tu as envie de tout saccager, saccage tout. Si ça te défoule. Je te regarde.

Les bras croisés, le voici qui me toise.

Mes anciens profs vous diraient la vaste portée de mon jugement. C'est pas des mentions AB, que j'avais à la fac, c'est pas des mentions B, c'est pas des mentions TB, c'est des mentions « Cette élève en sait plus que le corps enseignant ». Aussi, ça ne me prit pas longtemps pour déduire que la clef USB n'était pas dans la chambre, sinon il ne m'aurait jamais laissé la perquisitionner. J'en déduisis dans la foulée ce que je pourrais formuler ainsi : « Ma belle, va pas t'emmerder à saccager à vide, surtout si ça sert à rien. » En plus que je respecte les objets, y a peut-être de l'ADN dedans.

C'est bien plutôt directement sur le corps de Sandor Maghyar qu'il fallait chercher.

J'en veux pour preuve le fait que, à peine j'approchai du lit, aussitôt il se contracta dans comme qui dirait l'aveu que je *brûlais*. Je continuai d'avancer, car rien ne m'arrête si je flaire une piste. Il ne pouvait plus se compacter davantage sans que ce soit pour se transformer en sculpture de César, aussi ses paroles prirent-elles le relais :

— Tu n'auras rien.

— Moi, je crois que j'aurai, au contraire.

— Je ne me souviens pas t'avoir invitée à tripoter ma cuisse.

— Elle est rudement musclée, cette cuisse… on fait beaucoup de sport ?

Déjà, primo, y avait rien dans la poche droite de son pantalon.

— Voyons voir si l'autre cuisse est musclée pareille... j'ai dit.

Je passais de l'autre côté sur ces fines paroles. Mais bon vous savez comment c'est fait un pantalon, surtout si un homme l'habite. Entre les deux poches, y a pas rien. Au moment où j'allais survoler justement cette partie «y a pas rien» du fute, j'y perçus comme une activité. Un tremblement. Qu'une clef USB puisse se signaler de la sorte, cela paraissait fort improbable. Je ne sais même pas si y a des volts à ces petits gadgets.

Je décidais de ne pas en tenir compte et d'aller comme prévu à la poche suivante.

Elle était vide aussi.

Là-dessus, je me mis à califourchon sur Sandor Maghyar, lequel continuait de m'étudier dans le plus grand silence, un sourire machiavélique arrimé au visage. Nous n'en étions plus aux vaines paroles. Je rendais sourires pour sourires, découvrant mes canines qui en ont croqué plus d'un, croyez-moi.

À califourchon, au fait, j'explique : c'était pas pour des prunes. J'avais une raison. Dans cette position, je pus glisser les mains sous les fesses de Maghyar pour lui tâter les poches arrière.

Merde, elles étaient vides aussi.

— Tu t'évertues en vain, finit-il par me narguer.

On a vite fait de compter les poches d'un homme. Sa chemise n'en avait qu'une, là sous mon nez, plus plate qu'un menton de lâche. Vide aussi. Les quatre autres du fute, y avait rien dedans. C'est là que je pensai à certaines chaussettes d'où, dans les films d'action, on voit jaillir des poignards. Coup d'œil rapide, Sandor Maghyar était pieds nus.

La perplexitad me gagnait. Au moment où je m'apprêtais à quitter le bassin de Maghyar et

ma position califourchon, je vis de nouveau tres-
sauter le « y a pas rien ».

Purée, mais bon sang !

Maghyar vit à quoi je pensais.

Nous nous jaugeâmes.

Nous nous jaugeâmes encore.

Et d'un commun accord commença la lutte.
Eh oui, évidemment que cette maudite clef ne
pouvait être que là ! Ah c'est la rage au ventre
que je me précipitai vers le but à atteindre tandis
que Maghyar se défendait comme un beau diable,
donnant des coups de reins à tout va. Tout ça
dans ce silence typique où les bouches s'ouvrent
sans cris, qui a fait des *Oiseaux* d'Alfred Hitch-
cock un sommet du film de terreur.

La chemise de Maghyar, j'y suis pour rien, elle
se défit toute seule. Y a que le pantalon, j'avoue,
j'aidai un peu avec les dents. Ce manège prit un
certain temps, rapport aux mauvaises grâces de
mon partenaire qui se débattait pour m'entraver
les avancées.

Et puis à un moment je ne répondis plus de
rien. On se retrouva à poil les deux sur les lits
où je checkai zéro clef USB, même en virant les
frusques une à une de la couverture pour procé-
der par élimination. Sandor Maghyar avait beau
gémir : « Tu m'as vaincue ! Tu m'as vaincue ! » en
attirant mes mimines vers un pénis mirobolant
et certes assez grand pour contenir dix-huit clefs
USB, je voyais vraiment pas comment il aurait
pu glisser sous un épiderme un quelconque objet
métallique. Y aurait eu une bosse. Non, le corps
étant ce qu'il est, c'était impossible.

Il fallait faire fondre ce pénis, par acquit de
conscience. Parler d'une corvée serait aller vite
en besogne. J'eus même le temps de penser au

sang d'encre que devait se faire Jean-Gilles, vu comment le temps courait.

Sandor ne put retenir plus longtemps ses ardeurs, et à partir de là je perdis la tête, pour des raisons classiques.

Après nos ébats, force est de constater que le pénis de Sandor Maghyar reprit la gentille taille d'un Chamallow : la clef n'était pas dedans. C'est-à-dire que les sensations démentes apportées par Sandor ne provenaient d'aucun objet contondant. Les Hongrois sont des gens surprenants. Illisible et opaque, il le resterait à jamais. Mais bon ça réglait pas mon problème : cette clef, fichtre quenouille, où était-elle ? Était-elle remisée plus avant dans le body de Sandor, là où les Colombiens forcenés se mettent les sachets de cocaïne ? Heurk.

Heurk ?

Je me levai, pensive.

Sandor :

— Eh bien, on dirait que tu as fini par avoir ce que tu voulais, en fin de compte.

Je le trouvais un rien optimiste. Et j'aurais sans aucun doute développé sur ce sujet si, 1) il ne s'était mis à sommeiller pour vivre pleinement sa débâcle et sa période réfractaire et 2) ramassant les morceaux de ma nuisette sur la moquette de la chambrette, je n'avais aperçu, là sur le sol, accrochée à l'ordinateur de Maghyar, même pas dissimulée, la clef USB de Jean-Gilles. Son Freud.

Je me tirai avec l'ensemble, ordi and clef.

Jeudi soir

La suite, eh bien la voici.

D'abord, joie de Jean-Gilles quand il retrouva son discours.

— Mais comment t'as fait ? il demandait, comme s'il avait confié une mission à une brêle.

— Je l'ai fait, je répondis.

Car je n'aime pas mentir.

— Oui, tu l'as fait ! Tu l'as fait ! renchérissait Jean-Gilles, voletant dans la pièce sa clef à la main, transporté par l'allégresse.

Il me sembla que point n'était besoin d'en expliciter davantage. C'était pas utile de donner à Jean-Gilles trop d'infos sur comment j'avais eu de sérieuses compensations à mon labeur, surtout que je comptais plus tard lui extorquer un vison rasé, en remerciement de mon aide.

Il était prêt pour descendre discourir, son ordi sous le bras, excité comme un pape à deux doigts de balconner, et moi j'avais déjà des vues précises sur mon plumard et la sieste réparatrice qui m'attendait.

Puis, les choses se gâtent.

— Jean-Gilles, je demande, avisant un flacon sur sa table de nuit, ça c'est le Ramoltril que tu comptais faire avaler à Sandor Maghyar pour que ça l'assomme et qu'il pique un bon roupillon?

Le temps que Jean-Gilles analyse mes paroles, je chope un verre, et j'y colle d'une part de la flotte et d'autre part quelques gouttes de la précieuse potion endormissante.

— Oui, me dit Jean-Gilles. Mais maintenant c'est plus la peine de lui en donner, il peut plus nous nuire!!! On l'a réduit au néant!!!

Parlant d'ores et déjà en orateur, les bras en croix et extasié de voir sa voix porter.

— Non, il nous nuira plus, je confirme. On a eu ce qu'on voulait.

Et là, Jean-Gilles m'objecte :

— Ben alors, pourquoi tu lui prépares le verre? C'est un produit assez fort, faut pas jouer avec.

— Euh…

Je repose le verre.

Jean-Gilles allant se revérifier le look dans le miroir de la salle de bains, aussi sec j'avale le contenu du verre.

Vous la voyez, hein, mon idée? C'était «OK j'ai accompli ma mission, mais maintenant, moi je roupille et vogue la galère!». L'activité pouvait bien battre son plein aux «Nouvelles appropriations du moi» et Deauville s'émouvoir d'Autrui en tant qu'Autre-Oui, moi je m'offrais un décrochage régional, les amis. Dix gouttes de Ramoltril et adieu les emmerdeurs!

Or, rien ne se passe jamais comme on voudrait. J'avais pas encore posé ma nuque sur mon oreiller que j'entends Jean-Gilles revenir.

— Allez, on y go! il me dit.

Alors moi, me collant sur le pieu pour bien poser ma façon de penser :

— Un peu de repos ne me fera pas de mal.

Hélas, c'était rêver la semaine des vingt-quatre heures que d'imaginer Jean-Gilles me laisser en paix.

— Quoi ? Tu viens pas m'écouter en bas ? il se met à gémir.

Moi :

— Euh…

— Tu t'en fous de mon travail ?

— Euh…

— Non mais t'es vraiment qu'une sale égoïste !

Je vous les rassemble, les faits par-dessous les faits : je pouvais dire adieu à mon vison rasé si j'endiguais pas subito presto l'espèce de chanson du mal-aimé que Jean-Gilles était en train d'entonner.

— Va devant, je te rajoins, je l'ai rassuré, la bouche d'ores et déjà un peu ralmoltrilée.

Et lui :

— Tu promets, hein ?

— Ch'pramets.

Je suis une vraie amie. D'autres que moi se seraient rendormies. Pas moi. Moi, voici comment j'ai agi : je suis sortie de la chambre peu après Jean-Gilles. Juste le temps d'enfiler une robe. Tant pis, que je me disais, je dormirai en écoutant Jean-Gilles. Bon, OK, ça me mettait un peu dans le lot commun à faire tout comme tout le monde, mais moi je dis y a des fois faut savoir être main stream.

Le couloir était pas très droit, m'en suis-je formalisée ? Point du tout. J'ai compensé par une souplesse secrète que je sais déployer avec tout ce qui tournicote. La trajectoire se passait à merveille et, houle ou pas houle, je serais certes arrivée à bon port en un temps record si Ulrich n'avait pas surgi à l'horizon. On le distingue bien, l'horizon, en pleine mer, surtout si, plus on se rapproche, plus il bloque la porte de l'ascenseur en proférant des invectives. C'est apparemment à moi qu'il parlait.

— Tu disais? j'ai demandé, une fois sous son nez.

Et alors que ça faisait trois minutes qu'il me faisait signe de venir à lui, voici que là il entame un pas en arrière, comme épouvanté par ma face de près.

— Tu me dégoûtes! il me sort.

Sans doute avais-je l'air éméché. Dès lors, je comptais expliquer à Ulrich le coup du Ramoltril, or il me coupe :

— Tu me dégoûtes, oui : tu es encore chaude du corps d'un homme.

À l'évocation de mes récentes galanteries, me vient la nostalgie de Sandor. Je refrène. En outre, malgré mes vapeurs, une partie de mon cerveau admet qu'Ulrich a droit à la vérité, maintenant que moi je sais en détail toutes les « aises » qu'il s'est prises.

—'lrich, je dis, che peux pas nier.

Héroïsme d'arriver à prononcer cette phrase correctement tandis que le Ramoltril passait en phase 2 dans mon organisme.

— Quoi? Quoi? me hurle Ulrich, tu nies même pas! Ah tu t'es bien payé ma tête, hein! Ah mais non j'te jure Ulrich! Ah mais tu t'équivoques Ulrich! Ah mais of course que Jean-Gilles est qu'un ami! Ah mais of course que jamais j'irais m'envoyer ton psy! Balivernes, ouais, que tout ça! Ah ça me fait mal aux couilles!

Moi, c'est au crâne que ça me faisait mal ses vociférations de Nosferatu, là.

— Ça s'ra pas p'ssib'd'voir un peu d'calm ? j'émets.

Va-t'en solliciter *pax and quies* à un cocu... l'autre il montait sur ses grands chevaux :

— Je vais le buter, ce connard d'Eldeman ! Il va voir !

Et hop il faisait diligence pour rejoindre les lieux du colloque.

Disparu dans l'escalier, qu'il était.

Il me fallait prévenir Jean-Gilles.

Je fis trois pas pour entrer dans l'ascenseur.

Ça me prit un temps fou. Si ça continuait comme ça à être brouillé et si personne n'arrêtait Ulrich, j'allais arriver en retard sur la scène du crime. Il aurait fallu un bras pour me guider.

Coup de bol insensé, voici Madeleine qui accourt.

— T'tomb'bien ! que je fais.

Elle me vient en soutien sur-le-champ.

— Qu'est-ce qui se passe ? Qu'est-ce qui t'arrive ?

Et elle me couvre de bisous avec assez de salive pour décourager l'espèce des escargots à jamais.

— 'rrête, je proteste.

Et elle :

— Je t'aime !

— 'rrête...

— Oh oui, ton arête aussi je vais la faire !

— J'Gill... J'Gill...

Et elle :

— Comment on va se débarrasser de Jean-Gilles pour que tu sois libre dans ma vie ?

Je sentais ma robe se barrer de tous les côtés.

Re-coup de bol insensé, qui arrive sur ces entre-faites ? Georges ! Je le voyais flou, mais je le voyais, avantage des gros gabarits.

— Madeleine, que se passe-t-il ? il demande.

Phrase malheureuse qui poussa Madeleine à se greffer contre mon cœur :

— Je vais partir vivre avec elle, et on sera anales ensemble et on n'a pas besoin de toi, gros lard ! qu'elle balance à son conjoint.

Georges Laval, là, OK sa bouche était ouverte, mais plus aucune langue en sortait.

— Que signifie ce salgimondis ?

Il me le demande à moi ! Comme si j'étais responsable de tout malheur survenant à Autrui ! Alors que merde, c'était pas non plus forcément la good news pour moi, Madeleine aux abois rêvant de se pacser à my destiny ! Il réfléchissait, des fois, le Laval ? J'allais lui montrer de quel bois je me ch'ffais. Pourtant, pour vous dire jusqu'où va ma bonté, soudain malgré le Ramoltril je réalise que Jean-Gilles est en bas, que si j'occis Georges, Georges entendra jamais « Injonctions du jouir à l'épreuve d'Autrui en tant qu'Autre-Oui ». Et ça m'apparaît comme un fait d'injustice flagrante.

Aussi, je rassemble mes esprits et je dis :

— Gegeorges, et Jejean-Gilles dans t'ça ?

Laval se frappe le front :

— Mais oui, elle a raison. Mais où il est ce petit con qui est responsable de tout ? Ah, je vais lui coller une dérouillée à ce petit pédé !

Et zou il se barre au colloque par les escaliers. Madeleine le suivant en invectivant :

— C'est moi qui l'achève ! C'est moi qui l'achève ! Sus à Edelman !

Nécessité fait loi ; je parvins à me relever. Je dis pas que l'ascenseur tanguait, je dis pas que l'ascenseur tanguait pas, je dis ce fut tout un style, de tenir debout dedans. La porte s'ouvre au rez-de-chaussée, en sortant je me heurte à Maghyar. Ben voyons !

— Où est mon computer ? il me demande.

Non mais comme si j'avais l'esprit au rangement à un instant pareil ! Avec Jean-Gilles menacé de toutes parts !

Je réponds pas, je trace.

Enfin, je trace, disons que j'essaie de tracer. Je vous rappelle les aléatoires de mes verticales, en plus que le bras de Sandor me barrait maintenant le chemin.

— Moi, je veux bien jouer, me dit-il, mais je veux savoir à quel jeu on joue. Es-tu dans le *play* ? Ou es-tu dans le *game* ?

Au moins, une chose était sûre, c'est que lui il était pas dans le *fun*.

Vu que je répondais pas, il s'est énervé :

— Ce que tu voulais, ce n'était pas mon corps, n'est-ce pas ? C'était juste récupérer le fichier d'Edelman.

Y avait du vrai. Même si je dois avouer que le détour par son corps m'avait donné envie de vachement plus visiter la Hongrie.

Là-dessus, il me demande :

— Où comptes-tu aller, comme ça ?

Moi :

— 'couter Je-Gilles…

Lui, furibard :

— Assez ! Assez, avec ce Jean-Gilles ! Tu n'en as que pour ce Jean-Gilles ! Il nous emmerde, à la fin, ce Jean-Gilles ! Attends, je vais vite lui régler son compte, à ce petit prétentiard d'Autre-Oui de mon cul !

Et le v'là qui lui aussi se cavale vers les lieux du colloque !

Ouh là, Ramoltril ou pas Ramoltril, je lui ai moi aussi emboîté le pas, même si c'était pas évident. Je tituberais encore dans le couloir si Kim, qui se baladait cherchant son aimé, ne m'avait pas aidée à marcher.

— T'as pas l'air dans ton assiette, elle disait.

Elle sauvait peut-être Jean-Gilles, en attendant.

Quand on est arrivées vers le séminaire, on aurait cru à une alerte incendie. Public et psys sortaient les mains en l'air en poussant des clameurs. Les interprètes avaient plus de mots pour dire le merdier ambiant et même ceux pour les malentendants se bouchaient les oreilles pour pas risquer d'en entendre davantage. On devait remonter une foule à contre-courant.

— Qu'est-ce qui se passe ? elle me demande, la Kim.

— C'est J'Gilles qu'est en diff'culté, j'arrive à articuler.

Et elle, lâchant mon bras comme si que j'avais la gale des chats :

— Quoi ? Ce délinquant qui a volé l'ordi de Sandor ? Il est là ? Je vais lui péter la gueule à ce connard !

Pan, elle part retrouver la meute !

Ah ça a pas été classique d'arriver jusqu'à ce pauvre Jean-Gilles. Autant tout le monde se débinait, autant il en restait encore une vraie motte près de l'estrade.

Je voyais la tête de Jean-Gilles nulle part dans ces gens. Et pour cause, compris-je au moment où, telle la veuve à qui on laisse le passage, les badauds s'écartèrent sur mon chemin : Jean-Gilles gisait sur le sol, son ordi brisé à côté de lui.

Il était dans un sale état. La bouche amochée.

Moi :

— J'Gilles ?

Lui, me reconnaissant et ouvrant celui de ses yeux qui voulait le mieux s'ouvrir :

— Ils se sont jetés sur moi…, il me relate.

Il peine à se caler sur un coude, et il me brandit un pouce en disant :

— Ulrich, et de un, il s'est jeté sur moi.

Puis, il me brandit un index :

— Georges Laval, et de deux, il s'est jeté sur moi.

Puis, il me brandit un majeur :

— Madeleine Laval, et de trois, elle s'est jetée sur moi.

Puis, il essaie de me brandir un annulaire qui termine en doigt vengeur :

— Sandor Maghyar, et de quatre, il s'est jeté sur moi.

Puis, il me brandit un petit doigt qu'on aurait dit celui du coiffeur de Madeleine :

— Et même la Manga. Comment t'expliques ?

J'en menais pas large. Raide dégrisée du Ramoltril, j'étais.

— J'explique pas, je dis.

J'ajoute :

— Expliquons pas.

Mais on ne peut empêcher de raisonner un maniaque de la gamberge.

— Ben moi figure-toi j'explique, il me tonne, une effrayante lueur d'intelligence dans son œil le plus ouvert.

J'étais faite comme un rat. Jean-Gilles avait tout deviné de pourquoi ces gens l'avaient dans le nez : le coup que c'était uniquement à cause de moi. Je voyais mon vison rasé partir en fumée dans une odeur de roussi.

Or la vie réserve des mystères, car voici que Jean-Gilles s'accroche à mon bras et me chuchote :

— La vérité, c'est qu'ils ont pas supporté…

Moi, sur le même ton, par précaution :

— Pas supporté quoi, Jean-Gilles ?

Lui, encore plus bas style les murs ont des oreilles :

— L'*Erklärung* kantienne… la lumière où j'y ai mise…

Je vous le demande : fallait-il laisser cet homme se la sur-raconter roi des psys, ou bien fallait-il lui révéler le réel pourquoi de sa bouille explosée par les raclées ? Fallait-il, à un homme déjà fragilisé, au bout du rouledingue, lui balancer une vérité qui lui aurait immolé l'Ego, sans parler de comment ça lui aurait ratatiné les Lego pour dix ans de libido de savoir que ses « Injonctions du jouir » tout le monde s'en racine-carrait comme de sa première layette. Non, non, non, je devais lui laisser ses rêves. Chacun a droit à ses rêves ! Car c'est ça, le vrai altruiste ! C'est ça le vrai amour du prochain, la vraie compassion qu'on se doit d'avoir pour un type qui, par votre faute, a le visage en sang et une de ses propres canines sur le torse. C'est ça le geste charitable d'un cœur tendu vers un autre ! C'est ça une âme dont la tige en empathie penche vers l'humain qu'on chérit ! C'est ça la vie et fi de la dictature du réel quand un homme est à terre.

— Tu es trop génial pour eux, j'ai résumé.

Il buvait du petit-lait.

— Tu sais, j'ai bien conscience que sans toi, rien n'aurait été pareil… il m'a gazouillé.

Moi :

— Certes.

Lui :

— Tu m'as tellement aidé…

Moi :

— Certes.

Lui :

— Y a un truc qui te ferait plaisir ? Je voudrais te faire un beau cadeau pour te remercier. T'as pas une idée ?

— Un vison rasé.

Parce que je sais pas vous, mais moi je dis toujours : le vrai altruisme, avec le cœur tendu, le machin charitable et la tige en empathie, faut que ce soit réciproque sinon on part sur du bancal.

Et le bancal, ça nuit.